T0196095

Los Gavilanes De La Casa Vieja

BIENVENIDO PONCE (NENITO)

BALBOA.
PRESS
A DIVISION OF HAY HOUSE

Derechos reservados © 2019 Bienvenido Ponce (Nenito).

Todos los derechos reservados. Ninguna parte de este libro puede ser
reproducida por cualquier medio, gráfico, electrónico o mecánico,
incluyendo fotocopias, grabación o por cualquier sistema de almacenamiento
y recuperación de información sin el permiso por escrito del editor
excepto en el caso de citas breves en artículos y reseñas críticas.

Puede hacer pedidos de libros de Balboa Press en
librerías o poniéndose en contacto con:

Balboa Press
Una División de Hay House
1663 Liberty Drive
Bloomington, IN 47403
www.balboapress.com
1 (877) 407-4847

Debido a la naturaleza dinámica de Internet, cualquier dirección web o
enlace contenido en este libro puede haber cambiado desde su publicación
y puede que ya no sea válido. Las opiniones expresadas en esta obra son
exclusivamente del autor y no reflejan necesariamente las opiniones del editor
quien, por este medio, renuncia a cualquier responsabilidad sobre ellas.

El autor de este libro no ofrece consejos de medicina ni prescribe el uso de técnicas
como forma de tratamiento para el bienestar físico, emocional, o para aliviar
problemas médicas sin el consejo de un médico, directamente o indirectamente.
El intento del autor es solamente para ofrecer información de una manera
general para ayudarle en la búsqueda de un bienestar emocional y spiritual. En
caso de usar esta información en este libro, que es su derecho constitucional, el
autor y el publicador no asumen ninguna responsabilidad por sus acciones.

ISBN: 978-1-9822-1993-2 (tapa blanda)
ISBN: 978-1-9822-1994-9 (libro electrónico)

Las personas que aparecen en las imágenes de archivo
proporcionadas por Getty Images son modelos. Este tipo de
imágenes se utilizan únicamente con fines ilustrativos.
Ciertas imágenes de archivo © Getty Images.

Información sobre impresión disponible en la última página.

Fecha de revisión de Balboa Press: 01/14/2019

Todos los personajes de esta historia no tienen existencia
Afuera de la imaginación del Autor,....
Y no tienen relación en ninguna forma con personas que
Tengan el mismo nombre o nombres.
Estos personajes no son ni siquiera inspirado por cualquier individuo
Conocido o desconocido al Autor.
Y todos los incidentes son pura invención del Autor.

AUTOR. Bienvenido Ponce (nenito).

TODOS LOS RÍOS de ancho cauce tienen un puerto y Bahía chica es un pequeño puerto de pescadores pegado al Mar Atlántico, y rodeado por el Rio del Indio. Y en este pueblo el que no trabaja en la pesca, se dedica a la recogida de las especias. En este pueblito los pobres se multiplican y los ricos se restan, y las mayorías de las casas son hecha de paja, y cartón. La calle principal que cruza por el medio a Bahía Chica es la única calle que los pescadores y los mercaderes del Rio venden, y compran sus productos antes que caiga la noche y va directo hasta el viejo puente que ésta en la Alameda, donde dobla el Rio del Indio que sigue su cauce hasta más allá del Volcán, metiéndose en la selva. La Capital del país viajando en automóvil se encuentra a tres días de distancia y en tiempo de lluvias es un problema viajar, pero los moradores de este pueblo dicen que Bahía Chica es un regalo de Dios especialmente en tiempo de Primavera cuando los Jazmines se brotan, y la fragancia de las especias despiden su aroma seductor y cuando sopla la brisa embriaga a los moradores con su dulce aroma a Jazmín, especias y Canela. En Bahía Chica hay una Barbería Cantina construida a la orilla del Rio. También hay una Iglesia, y atrás de la Iglesia un pequeño Cementerio por qué en esta zona la gente se muere de vez en cuando. En Bahía Chica hay una Empacadora de especias, dueño absoluto Don Pedro, Patriarca de la familia FONTANA que se radicaron en Bahía Chica desde el pasado siglo y la fortuna de la familia Fontana Arrieta, ha pasado de familia a la próxima familia costumbre de los Gitanos, y es obligación de cada Patriarca de familia Gitana mantener la familia unida, y hacer crecer la fortuna. Y para Don Pedro Fontana Arrieta no era cosa fácil y siempre para terminar las labores de un día muchas veces se convertía en un dictador............. ¡Ésta visto que si yo no estoy aquí nadie trabaja! ¿Eduardo por casualidad ya tu sabes qué día llegan las cajas para empacar la Canela? No patrón, pero siempre llegan a fines de la primavera. Mira a ver si pones a toda esta gente a trabajar, que el aroma de las especias los endroga. ¿Y Don Florencio dónde está? No se patrón, el cerro la oficina y se fue. Eduardo hoy es Viernes a las tres de la tarde déjalos irse para sus casas y cierra la empacadora, hasta que la Canela este bien seca. Después tendremos mucho trabajo. Fíjate que limpien bien las máquinas y que regresen el Lunes por si acaso tenemos algún trabajo. Si patrón, como usted ordene. Este Florencio lo más probable es que este en la Cantina de Juan. Eduardo si alguien me busca dile que estoy en la Cantina de Juan. Si patrón. Así les diré. Y ustedes que miran pónganse a limpiar las máquinas si es que quieren irse a las tres de la tarde. (Don Pedro subió a su Jeep, y se dirigió hacia la orilla del Rio, y detuvo el Jeep frente a la Cantina. Entro y se sentó de frente a un hombre más joven que él). ¿Qué va a tomar Don Pedro? (Le pregunto Juan... el Cantinero). Un Aguardiente. Me traes sal y limón, y le das uno a mi hermano. (Juan los miro por un segundo y se retiró en busca del Aguardiente). ¿A qué has venido aquí? (Le pregunto el hombre a Don Pedro). Tú eres de la alta sociedad y si tus amigos te ven aquí conmigo van a murmurar de ti. Mira Florencio en esta tierra mis amigos hacen lo que yo diga, y pobre de aquel que hable mal de mí, o de mi familia. Me parece que el que ésta dando mal ejemplo eres tú. Ya me han dicho que vienes aquí todos los días a tomar Aguardiente.

¿Qué pretendes matarte poco a poco? Esa India hace más de diez años que murió y no has podido olvidarla… ¡Imbécil! Búscate otra India, y ya vas a ver como la olvidas. Déjame tranquilo Pedro, yo nunca te molesto. Es mas hace meses que no voy a la hacienda en esa forma no tengo por qué verles la cara a ninguno de ustedes. Vengo a la Cantina por qué me gusta respirar el aire del Rio. Mira el Rio a tu izquierda y se puede ver el Mar. Lo miras a tu derecha y se puede ver hasta donde dobla el Rio en el viejo puente, y la Alameda. Y del otro lado del Rio esta nuestra Hacienda. Cientos de acres sembrados de Canelo (árbol de la Canela) especias, y flores. En la primavera me gusta quedarme aquí en Bahía Chica, con el olor de los Canelos, y los jazmines las mujeres se ven más dulces y más linda. ¡¡Pamplinas… para mí todas las veo iguales!! ¿A que tú no sabes Pedro por qué tú las ves iguales? Yo te lo voy a decir. Porque tú llevas una vida muy encerrada. De la Hacienda a la empacadora, y de vuelta a la Hacienda. Me imagino que tu esposa Aracely te quiere mucho, despierta Pedro…ella no es la única mujer que hay en el mundo. Florencio, mi hermano tú te has vuelto loco. Tú no sabes ni lo que hablas. Nosotros somos Gitanos, y yo nunca me casare con otra mujer que no sea Gitana. ¡Ha…..Gitano!

Pues entonces yo no soy Gitano, yo soy de aquí de Bahía Chica. Yo soy de esta tierra y me gusta la mujer India, y me gustan las Pueblerinas por qué cuando te Aman se dan a uno completamente y cuando sientes el calor de sus carnes es como un Bálsamo que te hace olvidar todos los problemas del mundo. Así es como quieren las mujeres de Bahía Chica con mucha pasión, y mucho Amor. Florencio te estas olvidando que eres un Gitano igual que yo. (Don Pedro se puso de pie y miro hacia el rio, pero su hermano Florencio siguió hablándole). Mira bien si mi registro de nacimiento dice que yo soy Gitano, solamente dice que yo nací aquí en Bahía Chica. Yo soy de esta tierra, de este pueblo, yo no soy extranjero como tú. Fíjate que somos cinco hermanos, y tres hermanas, total somos ocho y todos estamos dispersos en el país. El único que sigue con las ideas de Gitanos, y Patriarca eres tú. Así que muérete pronto. Tu muerto podemos repartir la herencia que nuestro padre nos dejó al morir. ¡Solamente piensas en eso! En la herencia, en más nada. Te digo Pedro menos tú todos pensamos igual. Así que firma ese poder, que yo quiero mi parte para dársela a mi hijo. ¡¡A ese indio bastardo!! Él no es de los Fontana, y mientras yo viva el no cogerá ni un peso de nuestra fortuna. ¿Entonces lo que tú me quieres dar a entender es que ni Ramón, y Jesús que viven en la Capital y que se han casados con mujeres que no son Gitanas solamente por eso no les corresponde nada de la herencia que nos dejó nuestro padre? (Don Pedro mantuvo silencio al darse cuenta que los otros clientes estaban pendientes de la conversación y les grita). ¿Y ustedes que miran? Partía de vagos, si no hubiese sido por mi familia ustedes ni este pueblo existiera. (Rápidamente todos los clientes miraron hacia el Rio al oír el ruido de un motor continuo.) Tatita...tatita....tata. Ahí viene "Flor Fontana". ¿Qué dijiste Juan? Perdone usted Don Pedro, pero ese es el nombre que le puso el Capitán Domingo, a su nuevo barco pesquero. (Don Pedro muy enojado mira a su hermano, y Florencio muy sonriente le devuelve la mirada). ¿Cómo tu hijo se atrevió a ponerle el nombre de mi hija a un bote pesquero?

Es mejor que se lo preguntes a él personalmente. Mira ya está aquí. ("Flor Fontana" arrimo a la orilla. Un pequeño velero con un motor Diésel. De la gavina de mando salió un hombre joven de unos veintisiete años de edad de facciones finas, con el cabello negro que le llegaba a los hombros, y la piel un poco oscura quemada por el fuerte Sol tropical y su cabeza cubierta con la gorra de Capitán). Andrés baja las velas, y apaga el motor. Toma el pescado más grande para venderlo el resto se lo das a la gente, y tu Ismael vamos a ver a Juan. Hehehe...hiiihii si patrón vamos a ver a Juan. Heheee...hiiiii.....ven Lupina que el patrón y yo vamos a ver a Juan. Heeee...hiiiii. (Aquel hombre con aspecto de bobo, seguía al Capitán a la vez que le hablaba a su perra Lupina). Buenas tardes Juan. Muy buenas tengas Domingo. ¿Y qué tal te fue en la pesca, y como se portó Flor Fontana? Juan todo salió bien hay suficiente pescado para vender, y para regalar. Como siempre prepara la mesa para siete, que traemos mucha hambre. ¿Verdad Ismael que tú tienes hambre? Si patrón y Lupina también. Hihihiii...hehe. (Juan moviendo la cabeza con resignación le dice a Ismael). Ismael ve para la cocina y ayuda a Raquel con la comida, y por favor amarra esa perra y le das de comer en otro lugar. Si Juan...

Ismael y Lupina van a comer en la cocina…Hii…hihiiii. ¡A este no lo arregla ni el brujo Indio! (Exclamo Juan). ¿Y a mí no me saludas hijo? Papá perdóname, no me di cuenta que estabas aquí. (Domingo Fontana abrazo a su padre frente a la mirada fría y dura de Don Pedro Fontana. Entonces Florencio dándose cuenta del momento le ordeno a su hijo). Mire hijo, salude a su tío Pedro. (Don Pedro sin esperar el saludo de un jalón le quita la gorra y se la pone en las manos al Capitán Domingo). En mis tiempos cuando uno saluda a los mayores es costumbre, y educación quitarse el sombrero. (El Capitán Domingo mantuvo silencio). ¿Y de dónde sacaste ese bote pesquero? Tío yo lo compre. ¿Cómo le hiciste, acaso te robaste el banco de la Republica? No señor. Yo lo compre con mi dinero. Así que lo compraste con tu dinero. ¿Y cuánto pagaste por el Barco? Me costó ochocientos mil pesos. Di la mitad y el resto me lo financio un Banco de la Capital. ¿Y de dónde tu sacaste ese dinero es lo que yo quiero saber? Mi padre me lo dio y yo pienso pagárselo, no importa el tiempo que me tome en hacerlo. ¿A otra cosa Domingo, porque le pusiste ese nombre a tu Barco? Por su hija Flor. Porque yo la quiero mucho, y ella a mí. ¡¡Ha…ha…ha no digas tonterías muchacho que me voy a morir de la risa!! Mi hija Flor quererte a ti. Mi hija Flor enamorarse de un Indio. Eres igual que tu padre, un soñador empedernido. Así que lo mejor que puedes hacer es despertar de ese sueño por qué con mi hija Flor nunca te casaras. Entiéndelo Domingo, te digo que nunca será. ¿Porque no tío Pedro, si Flor me quiere? No digas tonterías que mi hija Flor tiene que casarse con un Gitano igual que ella. Así que lo mejor que puedes hacer es olvidarla. (El Capitán Domingo agarro a Don Pedro por el brazo derecho a la vez que le gritaba sin darse cuenta que un hombre viejo, y vestido de negro, hacia su entrada en la cantina de Juan). Flor y yo nos queremos y es para siempre, y el hombre que se atreva a tocarla lo mato. Suéltalo Domingo. Te digo que lo sueltes. Muchacho malcriado desde cuando un sobrino le levanta la voz a su tío. Pídele perdón, o cojo una escoba y te doy una buena paliza que te la mereces por ser tan bruto. (Domingo bajo la cabeza frente al señor cura que lo miraba con persistencia).

Perdóneme tío Pedro. Mira Domingo yo espero que esto no vuelva a suceder. Y a ti Florencio te espero mañana en la hacienda, tenemos que poner algunos papeles en orden. (Mirado por todos los presentes y sin despedirse Don Pedro se metió en su Jeep, y tomo por la calle principal rumbo al viejo Puente que ésta en la Alameda). ¿Heee....hiiii...como ésta usted señor cura? Estoy bien, y deja de besarme las manos que me las mojas toda de saliva. Anda y dile a Raquel que me dé algo de comer, que tengo mucha hambre. Por favor Ismael, deja tranquilo al padre Fermín. Ve a la cocina y tráele comida. Hiii....Ismael le va a traer comida al señor Cura. (El padre Fermín, párroco de la única Iglesia en Bahía Chica se sentó, y se quedó mirando a todos los presentes especialmente al Capitán Domingo). Tú si éstas loco muchacho. Todavía pensando en Flor Fontana. ¿Es que acaso tu padre no te á dicho que cuando una Pueblerina vive en la Capital cambia mucho en su forma de pensar, y se convierte en otro tipo de mujer? Padre Fermín ya todo eso se lo he dicho, y mi hijo sigue insistiendo en lo mismo.

(Le contesto Don Florencio). Mire padrino, yo estoy seguro que Flor me sigue queriendo. _Estas soñando. Flor nunca te ha querido. Ya veremos cuando ella regrese a Bahía Chica a cuál de los dos escoge como esposo. A ti que eres un Indígena arrimado. O a mí que soy un Gitano igual que ella. (Estas duras palabras venían de un tipo blanco y flaco, que media casi seis pies de estatura, bien vestido de color blanco con chaqueta larga, y cadenas de oro en el cuello, con sortijas en los dedos de su mano derecha, y un sombrero negro de ala ancha tapándole la cabeza). Mira Ramiro no te atrevas a poner tus ojos en Flor por qué te mato. Lo mismo yo te digo Domingo. Deja a mi Flor tranquila por qué con quien Flor se va a casar es conmigo, yo Ramiro Perdomo Fontana soy el único hombre que Flor Fontana ama, y por lo tanto seré su único esposo. Basta ya de discutir por una mujer que a lo mejor no piensa, ni tampoco se acuerda de ustedes dos. (Le grito el padre Fermín). Hasta donde hemos llegado miren ustedes dos primos dispuestos a matarse por una prima. Mire usted padre Fermín. Yo no he venido a pelear con Domingo, por qué yo estoy completamente seguro que cuando Flor vuelva a Bahía Chica se va a casar conmigo por qué yo soy Gitano de raza pura igual que ella. Solamente he venido hoy a conocer el nuevo Barco del Capitán Domingo. ¿Tío Florencio, usted como esta de salud? Gracias Ramiro, estoy bien gracias a Dios. ¿Y a tu madre ya se le quito el dolor de la pierna derecha? Tío los viejos nunca están bien del todo ya que siempre se quejan de algo, y si no lo inventan, pero tienen que quejarse. Miren muchachos quien ésta aquí el loco Ismael, yo creía que ya te habías muerto. Déjalo tranquilo Ramiro. (Le grito Domingo a su primo). Lo mejor que puedes hacer es devolverte a la selva de seguro que tus padres te están esperando. Un momento Domingo hay que bautizar tu Barco. (Le dijo el padre Fermín a la vez que se metía en el medio de los dos primos y los separaba). Juan tráeme un vaso lleno de agua. (El padre se acercó a la embarcación ya que esta se encontraba próxima a la cantina. Y mirando al Capitán Domingo le pregunta). ¿Le vas a dejar ese nombre? Si padrino así es como yo quiero que se llame mi Barco. (El padre Fermín levanto el vaso lleno de agua, y cerrando sus ojos murmuro una oración entre dientes). Yo te bendigo, y te bautizo con el nombre de Flor Fontana

En el nombre del padre, del hijo, y del espíritu santo. Que sirvas para bien y beneficio del hombre, y de Dios. (El padre derramo el agua sobre la embarcación y le dice a su ahijado). Cuídala mucho hijo que muchos dependen de ti para poder comer. Si padrino así lo hare. Juan dale aguardiente a todos que yo pago. ¿Y usted padre Fermín, cuando va a bautizar mi Barco? Mira Ramiro, yo soy justo con todos. Yo te bautizo tu Barco, pero si cometes algún pecado con el Barco, Dios te castigara sin piedad alguna. Cuando le tengas el nombre lo bautizo. Ya le tengo el nombre así que el mes que entra usted lo bautiza yo quiero hacer una fiesta a todo dar. ¿Y qué nombre le piensas poner? Se llamara "El Canelo" y yo estoy seguro que a Flor le va a gustar ese nombre. (Terminando de pronunciar la última palabra cuando Ramiro sintió el puño de su primo Domingo que golpeaba su quijada tirándolo al piso de la cantina. Ya en el piso de madera, Ramiro saco su Revolver de cañón largo, y Domingo

ya tenía en su mano derecha el cuchillo de pesca. Todos
los presentes le hicieron ronda, y uno de sus hombres
le grita a Ramiro). Oye Ramiro pon tu Revolver a un
lado y pelea como los Gitanos. ¿Acaso tú no eres Gitano?
(Los dos primos se miraron, Domingo enojado, y muy
serio. Ramiro con la sonrisa burlona le dice). Oye Indio,
ahora te voy a enseñar como peleamos los Gitanos. Bravo
Ramiro, córtalo bien para que nunca se olvide de ti.
(Escuchando las exclamaciones de sus hombres, Ramiro
tiro su Revolver a un lado y metiendo su mano derecha
en una de sus Botas saca un cuchillo fino y largo, y con
un simple movimiento le produce una pequeña cortada
en la mano izquierda de Domingo haciéndolo sangrar
levemente. Y sus hombres al ver la sangre lo incitaban
que lo cortara más y algunos gritaban que lo matara,
lo que ocasiono que el padre Fermín y Don Florencio
intervinieran sujetando a los primos). Ustedes dos sí que
son brutos. Es que acaso quieren recibir castigo de Dios.
Ramiro retírate con tus hombres, y regresa otro día
cuando los ánimos estén más calmados. Y tu Domingo
entra en la cocina y dile a Raquel que te ponga un poquito
de azúcar en esa herida. (Los primos cruzaron miradas de
odio y cada uno cogió por su lado obedeciendo al padre
Fermín. Ya afuera de la cantina y en su Barco, Ramiro
grita con furia desahogada). Óyeme Indio salvaje, te lo
juro yo Ramiro Perdomo Fontana volveré a Bahía Chica
y nos vamos a ver las caras, por qué este Rio es muy
estrecho para un Indio cobarde como tú, y un Gitano
macho así como yo. (El Barco de Ramiro tomo rumbo
Rio arriba buscando la profundidad de la selva más allá del
"Volcán del Indio". Llegada la tarde Domingo se secaba su

cuerpo con una toalla después de haberse dado un baño en su modesta, y cómoda casita cerca de la orilla del Rio. Salió al portal y miro a su derecha donde se une el Rio con el Mar Atlántico. Devolvió su vista al otro lado de la orilla del Rio, donde se encuentra dormida Bahía Chica). Hiii hiii. ¿En qué piensa patrón? (Le pregunto Ismael que no dejaba de jugar con su perra Lupina). Estoy pensando en ella. ¿Y si ella volviera casada que usted haría patrón? hiii hiiiii. Ismael déjate de hablar necedades por qué ella es mía. Así me lo juro antes de irse para la Capital. Hiii hiiii yo me acuerdo de la señorita Flor es muy bonita, y muy buena conmigo. Siempre me da caramelo y me dijo que me va a traer una camisa de esa Capital. Hiii hiiii. ¿Dígame patrón como es esa Capital? (Domingo se acercó a Ismael y lo miro fijamente a los ojos

También lo miro de arriba abajo, y lo volvió a mirar a la cara como buscando un gesto positivo en Ismael. Domingo respiro profundamente antes de contestarle). Tú has visto los hormigueros como están llenos de hormigas, parecida es la Capital del país. Siempre ésta llena de gentes con sueños, y esperanzas que casi nunca logran realizar, y cuando obtienen alguna cosa entonces tienen que dar algo en cambio y lo que siempre dan es la juventud, o la salud del cuerpo, pero tu ni yo tenemos por qué preocuparnos de todos ellos. En la tierra Bahía Chica es el único lugar donde yo quiero vivir. Ismael no está preocupado. Ismael no quiere ir a esa Capital. Hiii hii allá hay muchas hormigas malas que pican, hiii hii verdad Lupina. (El Capitán Domingo se quedó mirando como Ismael caminaba hacia la orilla del Rio, mientras le hablaba a su perra Lupina. Y se dijo el mismo). Que suerte tiene Ismael que nunca tendrá entendimiento de lo que es la vida, y nunca sentirá el dolor de amar y sufrir por una mujer, Dios á sido generoso con él. (Dios hiso caer el manto negro sobre Bahía Chica, y el poder de Morfeo ponía silencio entre sus moradores, haciéndolos dormir una noche más). ¿Señora Aracely necesita usted algo más? No. Nada más. ¿Y el patrón? Ya puedes retirarte Yajaira, yo atiendo a Don Pedro. Tenga usted buenas noche señora Aracely. Espera un momento. ¿Y Sauri donde esta? La niña Sauri se retiró a su habitación. Está bien ya puedes irte. Y te vas a dormir. Si señora Aracely como usted ordene. (La humilde indita salió rápido de la habitación de los patrones, mientras su amiga Sauri también caminaba a pasos rápidos hacia su habitación por un pasillo largo que da al jardín. Llego a la habitación, entro y se sentó al lado de una ventana tratando de mirar hacia fuera, pero no podía ver nada por qué la noche celosa de sus misterios pone todas las cosas oscuras, y no permite que nadie descubra sus secretos. Prendió un pequeño Radio que tiene en la mesita que está entre las dos camas. Se podía oír una música suave de la única emisora que alcanzaba a Bahía Chica. Puso el volumen bajito y se volvió a sentar al lado de la ventana con la mirada fija en la oscuridad de la noche y en su mente los pensamientos corriendo a millón. Un pensamiento, un recuerdo de su niñez seguían pasando por su mente sin poder evitarlo. De pronto una mujer de piel negra y gorda, aparece en la puerta de la habitación haciendo que Sauri diera un brinco en la silla y le grita). ¿Porque siempre tienes que entrar en esta forma asustándome? Perdóname hija, pero esta negra ya esta vieja y no pensó que podías estar aquí. Yo creía que estabas con los patrones. No. Yo los deje con Yajaira en el comedor. ¿Hija por qué no te buscas un hombre joven de tu edad y te casas? Vives muy sola con tus pensamientos. Aquí en la Hacienda no se te conoce ningún novio, que esperas para cambiar tu vida. Gracias María, tu eres una mujer muy buena. Desde que mi mamá murió siempre te has preocupado por mí. Ven siéntate que quiero hablarte. Ayer fui a ver a Casimiro. ¡¡A ese Indio Brujo!! Como es posible si Casimiro siempre te á quitado el dinero. No María él no me quita el dinero yo siempre le doy dos o tres pesos para que me consulte. Él también tiene derecho de vivir en este mundo, y siempre me pregunta por ti. Él muy sinvergüenza toda su vida ha querido que yo me case con él. ¿Y por qué no lo has hecho? Como mujer negra, y cristiana que soy se supone que Casimiro tiene que pedir mi mano en matrimonio al padre Fermín, pero el muy Brujo ....

Es muy machista, y conmigo no se juega así. Ésta bien María, pero no te enojes. ¿Es que no quieres saber que me dijo? Pues sí. Dime que fue lo que te dijo ese Indio Brujo. Me tiro los Caracoles y me dijo que yo estaba destinada a ser una mujer muy rica. También me dijo que muy pronto yo voy a conocer quien es mi papá, y que este año yo me voy a casar. ¿Con quién, es que no te dijo? No me interrumpas y escúchame. Me dijo que "el gran espíritu Indio" ya había decidido que todo lo que hay amarrado en mi vida se desate para que yo sea feliz, y que todo va a suceder muy pronto. (María se quedó mirando a Sauri en silencio). ¿Qué te pasa María, que no me dices nada? Yo sé que muchas veces Casimiro acierta en lo que dice, pero yo siendo tu no me hago ninguna ilusión, él puede equivocarse. No María, yo le creo yo siento en mi Corazón que ahora Casimiro si me dijo la verdad. Es hora de bañarse hija, mañana será otro día y al cuerpo hay que darle descanso. (Sauri entro al baño, y María como de costumbre comenzó hablar sola y a contestarse ella misma, mientras en el aposento de los Fontana, la señora Fontana se contemplaba en el espejo. Sí. Se miraba joven, y ella se sentía joven. Para ella treinta y cuatro años de edad no son nada comparado con los cincuenta y dos años que va a cumplir su esposo Don Pedro Fontana Arrieta. Un matrimonio preparado al estilo Gitano, así lo quisieron sus padres antes de irse para Hungría, y nunca más á sabido nada de ellos. ¿Es que no te cansas de mirarte en el espejo? Pedro te vuelvo a decir que a nosotras las mujeres, nos gusta que nos digan que estamos linda y buena, de vez en cuando. Aunque eso ya yo lo sé, pero tú ya no me dices nada. De tan amante que eras te has convertido en un hombre celoso, y a mí no me gusta que me andes celando a cada rato por que el día que a mí me dé la ganas. ¡Cállate ya por qué soy capaz de matarte ahora mismo! Tú matarme. Tú no eres capaz de matar ni una mosca. Solamente te pones a pensar que la sangre es de color rojo, y te vuelves un cobarde. ¿Porque no te decides y matas a tu hermano Florencio? Cállate mujer y baja la voz, que te pueden oír. Pedro eres un cobarde gracias a mi la Hacienda á progresado, y la fortuna de los Fontana á crecido. Tú eres un inútil, no sabes hacer nada. Por favor Aracely no me hables así, mira que las cosas no son nada fácil de lograr. Por qué siempre tú estás en la casa, pero yo soy el que tiene que dar la cara para todo lo que hay que hacer aquí, y ya no tengo los años nuevos. No te preocupes querido que de eso ya me he dado cuenta. Siempre te pasas la vida quejándote. Quiero que sepas que ya lo tengo todo planeado. Cuando llegue el momento nos esconderemos en algún país de Europa donde nadie nos pueda encontrar. ¿Ya entendiste querido? Lo que soy yo no aguanto ni un año más en estas tierras, aquí se le mete a una en el cuerpo el sabor de las Especias, y el aroma de la Canela, y cuando yo necesitó un macho de verdad tu no estas, o no puedes complacerme por qué yo soy mucha hembra para ti. (Aracely volvió a ponerse frente al espejo y se abrió la bata de dormir dejando visible todo su esbelto cuerpo, se pasó sus manos por sus senos y se volvió a mirar de arriba a abajo en forma provocativa, y mirando a Don Pedro le dice). Acércate a mí y fíjate que hoy tengo mejor y más cuerpo que cuando fui tuya por primera vez. Aquel día yo era una niña, ahora soy toda una mujer dispuesta a satisfacer al hombre más macho de Bahía Chica. Cállate ya Aracely.

Tú eres mía solamente, y de nadie más. Ven querido para la cama, vamos a ver si esta noche puedes complacerme como yo lo deseo. (Toda la Hacienda quedo en silencio esperando el próximo día mientras los patrones quemaban el deseo carnal que era lo poquito que les quedaba de su unión. Ya eran la cinco de la mañana del día siguiente, y la joven Sauri y María ya estaban en la cocina desayunando.) Que lindo es el campo en la mañana, se puede respirar aire puro y con el olor de las flores y los Canelos, tu sientes que te limpian los pulmones. Mira Sauri déjate de hablar tantas cosas bobas y dime por qué hoy te has levantado tan temprano. Quiero dar un paseo con Palomo. Un paseo a caballo ya yo me imagino a dónde vas. Tu va a ver al niño Domingo. (El caballo galopaba por el polvoriento camino, y guiado por Sauri se metía entre los Canelos y regresaba al camino. Pasado unos veinte minutos la vegetación empieza a cambiar y ya se podía ver las siembras de especias, y flores. No había ninguna duda que la Hacienda de los Fontana es inmensamente grande en terreno, y rica en su siembra. Sauri guio a Palomo rumbo al Rio donde va a unirse con el Mar. Al llegar a la casa de Domingo). Hiii hiiii hola señorita. Ya se me olvido tu nombre. Sauri Sauri así es como se pronuncia mi nombre. ¿Dónde está tu patrón? Hee hii hiiii está allá bañándose con Lupina. Ismael está visto que tú tienes días que no se puede hablar contigo. Yo creo que mi Caballo es más inteligente que tú. (Sauri un poco enojada con Ismael guio su Caballo hasta la orilla del Rio). Buen día Domingo. Hola Sauri. ¿Me parece que es demasiado temprano para que andes por aquí, es que no te vio la señora Aracely salir de la Hacienda? No te preocupes tanto por mí. Me parece que estoy bastante grandecita para ser responsable de lo que hago. ¿Es que acaso hoy no me quieres ver? (Como una inquisidora, y con la falda a medio muslo en forma provocativa y sexual, Sauri se bajó del Caballo y se sentó al lado de Domingo, y poniéndole las manos en los hombros empezó a darle masaje mientras le hablaba). ¿Porque ya no me buscas como antes lo hacías? Porque ya no somos niños, y la gente del pueblo hablan mucho y siempre dicen lo que no es. (Sauri empezó a besarle los hombros y rápido Domingo se puso de pie). Tranquila Sauri, que en cualquier momento llegan las mujeres del pueblo a lavar la ropa y si nos ven solos se ponen a murmurar. ¿Porque te sientes molesto si siempre nos hemos bañados juntos y

sin ropa, y nunca te quejaste de mí, y ahora protestas por
que me acerco a ti? Es que en cualquier momento Flor
regresa de la Capital, y no quiero que le digan que tú y
yo somos novios. ¿Es que no lo somos Domingo? ¡No
Sauri tú y yo no somos novios! Tú tienes que darte cuenta
que yo no te quiero en la misma forma que amo a Flor.
Que ingrato eres Domingo, y también eres ciego. Es que
no quieres ver cuánto yo te quiero. ¿Y si Flor volviera
ya casada que tú vas hacer? (Sin volver a contestarle ni
una palabra más Domingo le dio la espalda y se quedó
mirando hacia el Rio. Sauri se le acerco y lo abrazo por
la cintura y pegándose a su desnudo pecho empezó a
morderlo de poquito a poquito, hasta que los tentadores
labios de Sauri llegaron hasta la boca de él, y Domingo
sintiéndose débil los beso con pasión, y los dos cayeron en
la yerba abrazados dando vueltas. Domingo la agarra por
los cabellos largos, y con mucha fuerza la sujeta y le grita
con pasión). ¡Me vas a volver loco Sauri!

Yo sé que tú me quieres Domingo, por qué yo me
siento tuya. Hiii hiiii. La gente los mira patrón y Lupina
también. (Domingo y Sauri dieron un brinco y se separaron
al oír la voz de Ismael que los miraba con su sonrisa usual
en su cara. Sauri se levantó y se bajó la falda, ya que la
tenía casi en la cintura). Tienes que enseñarle a Ismael,
para que tenga buenos modales. Tienes que perdonarlo,
Ismael es como un niño que no entiende muchas cosas,
además él tiene razón. Mira ya hay barias mujeres en el
Rio lavando la ropa. Voy a vestirme por qué tengo que
ir a ver la Flor Fontana. ¡¡Maldito nombre!! Pues ese es
el nombre que le puse a mi Barco. Pudiste haberle puesto
otro nombre mejor que ese. (Y Sauri de un solo salto subió

a la silla de Palomo, dejando al descubierto sus hermosas piernas. Sujetando con fuerza las riendas de Palomo, la joven Sauri cruzo el Rio y se dirigió hacia la cantina de Juan). ¿Y ahora qué quieres Ismael? Mira que tengo que irme, habla de una vez que tengo mucho apuro. Hiii hiiii se me olvido patrón. Pues cuando te acuerdes me lo dices por qué yo tengo que irme. (Domingo se dirigió hacia su casa dejando a Ismael solo con sus pensamientos). Ahora si Ismael se acuerda, pero la niña Sauri ya no está. Vamos Lupina, vamos a ver al patrón. (Poniéndose las manos en la cabeza Ismael se encamino hacia la casa, seguido por su perra Lupina. Mientras Sauri entrando en la cantina de Juan fue directamente hacia la cocina). Buen día Raquel. ¡Sauri tú por aquí tan temprano! Sí. Hoy me levante más temprano que otras veces. (Raquel la esposa de Juan, tiene casi la misma edad de Sauri, llegando a los veinticinco años de edad y hacía dos años que sus padres la habían casado con Juan el cantinero, costumbre de familia, y también de esta tierra). No te esperaba ahora, pero me alegra verte bien y contenta. ¿Fuiste a ver a Domingo? Sí. Ahora vengo de su casa. Raquel yo quiero hacerte una pregunta, pero es mejor que hablemos en el comedor. (Las dos muchachas se sentaron cerca de la ventana, y las dos miraron hacia el Rio. Raquel le dice a Sauri con tono de voz acentuada). Mi madre me decía que cuando una se baña los Viernes en el Rio indio, no solamente limpias tu cuerpo también limpias tu Alma, y tu mente de malos recuerdos. Pero ya puedo ver que han pasado más de diez años de lo sucedido y tú te resistes a olvidarlo, ni tampoco te resigna. ¡¡No Raquel no puedo conformarme!! Yo necesito saber quién o quiénes fueron los que mataron a mi mamá. Tu estas tranquila por qué no fueron tus padres los que mataron ese día. No me hables así Sauri. Tú sabes muy bien que yo apreciaba mucho a Aquarina, y también a Crisol, y a ti te quiero como una hermana. Raquel por favor no te enojes conmigo es que me duele mucho que en todos estos años que han pasados y que no se sepa quien mato a mamá y a Crisol. Ni Domingo tampoco sabe nada. Ya lo puedes ver Sauri, Domingo está tranquilo la única que siempre está inquieta eres tú. Yo estoy segura que Domingo quiere a Crisol así como tú quieres Aquarina. Y el señor Florencio ni se diga,.. todos los días viene aquí a llorar a Crisol, y tomando Aguardiente la llama por su nombre. Sauri por favor ya te he dicho todo lo que yo sé. (Con lágrimas en sus ojos, Raquel volvía a decirle la misma historia a su amiga Sauri). Te lo he repetido varias veces, y te lo voy a decir ahora otra vez, por qué parece que nunca te vas a cansar de oír lo mismo por última vez Sauri grábatelo en tu mente.

Era la recogida de la Canela, y todos estábamos en el campo arrancándole la cascara al Canelo (nombre del árbol de la Canela) ya casi era la hora de almorzar y tu mamá (Aquarina) siempre nos preparaba el almuerzo. Ese día le tocaba a Ismael ir por los almuerzos, visto que se demoraba en regresar yo fui a ver por qué Ismael se demoraba tanto en regresar y llegando casi a la casa vieja, encontré a Ismael tirado en el suelo con una herida en la cabeza. Corrí hacia la Casa Vieja a pedir ayuda y allí encontré a la señora Crisol, y a tu mamá (Aquarina) y las dos estaban muertas. Del mismo susto Salí corriendo de la Casa Vieja y me dio por gritar pidiendo ayuda, y la única persona que encontré en el camino fue a Don Pedro. Le dije a Don Pedro lo que sucedía, y los dos regresamos a la Casa Vieja, pero tu mamá, y la mamá de Domingo estaban muertas. Corrimos a ver a Ismael, y el si estaba vivo. Lo que sucedió después ya tú lo sabes muy bien… Don Pedro mando a Ismael a Puerto Nuevo, ya que era el único lugar más cercano con un cirujano. Aquel día ese doctor le salvo la vida, pero mira como quedo el pobrecito de Ismael que no se acuerda de nada. Perdóname Raquel, siempre se me olvida que tú quieres mucho a Ismael. Y a ti Sauri siempre se te olvida que tú y yo, apenas teníamos quince años de edad cuando todo esto sucedió, pero yo Raquel si me acuerdo que el señor Don Pedro sin consultarlo con nadie enseguida mando a buscar al "Señor Corregidor" (Juez de Comarca) a los diez días de haber sucedido todo llego el tal mentado a Bahía Chica, y dijo que habían sido Bandoleros los que mataron Aquarina y a Crisol, y que huyeron hacia la selva. Nadie en el pueblo protesto y ya tú ves que el señor Don Pedro hiso lo que le dio la ganas. A ti te llevo para su Hacienda, Don Florencio recogió a su hijo Domingo, y se hiso cargo de Ismael. Mis padres de pronto me llevaron para Puerto Nuevo a casa de una hermana de papá, un año después a mi tía le dio por morirse y tuve que regresar a Bahía Chica. Al poco tiempo Juan fue a casa y le dijo a mi papá que quería casarse conmigo, papá vio la oportunidad de salir de mí, no lo hiso por maldad, lo hiso por qué éramos muchas bocas que mantener. Y ya puedes darte cuenta que así como tú quieres a Domingo, yo no he podido olvidarme de Ismael. Tengo fe que algún día él pueda recordar todo lo sucedido y vuelva a ser el Ismael sano y fuerte que era. por favor Raquel no digas más nada, y no llores que me parece que Juan ya está en la cocina. Ya no me importa si el me oye. Yo misma se lo dije que el hombre que yo quiero es Ismael. ¿Y que él te contesto? Nada. Porque él piensa que Ismael nunca va a recuperar la memoria es por eso que se ha quedado tranquilo, pero yo tengo mucha fe en Dios que Ismael se cure y recupere la memoria. No hace mucho que un Capitalino que pasaba por el Rio me dijo que él tiene un amigo doctor en la Capital, y que podía operar a Ismael y lo dejaba como nuevo, pero había que pagarle como cinco mil pesos. ¿En qué piensas Sauri? Pienso en eso que tú me dices, de operar a Ismael. A lo mejor recupera la memoria y diga todo lo que sucedió ese día. Entre las dos vamos a ahorrar el dinero, y vamos a mandar a Ismael para que ese doctor lo opere. Pero Sauri, yo sé que tú tienes tus ahorros guardado para casarte con Domingo. Que importa Raquel, lo que es este año tengo dos cosas que hacer. Primero tengo que casarme con Domingo, y segundo tengo que saber quién mato a mi mamá(Aquarina).

Sauri no cuente con Domingo. No se te olvide que recién compro "la Flor Fontana". ¡Maldito nombre! Donde quiera que voy lo nombran como si fuese algo muy importante. Perdóname Sauri, pero ese es el nombre que Domingo le puso a su Barco. Pues ya tú vas a ver que si él no le quita ese nombre…se lo voy a quemar. Nos vemos Raquel, y no te preocupes tanto que tus problemas tienen solución, solamente hay que mirarlos del lado positivo. (Sauri monto a Palomo y lo encamino por la orilla del Rio, buscando la vereda que la llevaría al viejo puente que está en la Alameda. Al llegar a la Alameda se bajó del Caballo y empezó a caminar rumbo al viejo puente, y a pasos rápidos sus caderas subían, y bajaban haciendo temblar la Alameda. Al llegar al viejo puente por costumbre desde niña se detuvo y miro hacia el Rio y pudo ver a los niños nadando y bañándose y divirtiéndose en el Rio. Enseguida dulces recuerdo de niñez volvieron a su mente hasta que la voz de uno de los niños la saco de su éxtasis). ¿Cómo usted está señorita Sauri? Muy bien Pacho. ¿Y tu mamá como esta de salud? Se siente un poco enferma, pero ella dice que es la barriga pues ya tiene siete meses de esperar con esa barriga y mi hermanito no llega. Pacho tienes que tener un poco de paciencia, ya falta menos tiempo para que tu hermanito llegue. Yo quiero que sea macho como yo, así podemos jugar a la pelota por qué con mis hermanas no puedo siempre están peleando conmigo. Óyeme mejor tírame una moneda para ver si tengo suerte como el Capitán Domingo. Así que tú quieres tener suerte como el Capitán. ¿Y qué clase de suerte tiene el Capitán Domingo que tú no tienes? Él te estaba besando. (Los otros niños se rieron lo que ocasiono que Sauri se sintiera un poco molesta). Te digo Carlo que eso no es suerte, y ustedes no tienen por qué estar mirando. Yo fui con mi mamá a lavar la ropa y te vimos como besabas, y abrazabas al Capitán Domingo... además el Capitán se compró a "Flor Fontana". ¡¡Maldito nombre!! Pacho toma la moneda, y no me vuelvas a mencionar ese nombre, me entiendes Pacho. Si señorita Sauri, pero no se enoje. Palomo ven aquí. Vamos para la Hacienda, o lo que es hoy voy a matar a un ser humano. (De un salto Sauri monto a Palomo y lo dirigió camino a la Hacienda. El viejo puente construido de madera y viejo como la familia Fontana, resistía el galopar de Palomo).

Yajaira. Mande usted señora Aracely. Tan pronto llegue esa condenada mestiza le dices que tengo que hablar con ella. Si señora Aracely, como usted ordene. Y tu María termina de cocinar que hoy tenemos visitas. Si señora Aracely. Y todos ustedes pónganse a trabajar y arreglen bien las cortinas, y las habitaciones también. (Ya toda la servidumbre en la Hacienda de los Fontana sabían por que la señora Aracely estaba de muy mal humor). ¿Yajaira, Yajaira dónde estás? Aquí estoy señora, limpiando su habitación. Mande usted señora Aracely. Quiero que me tengas preparada los vestidos que te dije. La combinación que me voy a poner en la tarde, y el vestido azul de esta noche. ¿Ya me entiendes Yajaira? Si señora Aracely, como usted mande. ¿Y dónde está la gorda de tu hermana? (La indita se quedó callada y miro para otro lado). Es mejor que hables por qué muda no eres. El señor Don Pedro se la llevo para aquella habitación, y para que le ayude arreglar su ropa. (Sin preguntar más nada la señora Aracely se dirigió a la habitación indicada por Yajaira, y de un solo empujón abrió la puerta para encontrarse…

A Don Pedro forcejeando en la cama con la sirvienta). Déjala tranquila Pedro. Querido no te das cuenta que ya tú no puedes con ninguna mujer. Señora Aracely yo quiero decirle que. No digas nada Marlina lo mejor que puedes hacer es ayudarle a tu hermana Yajaira. ¡Apúrate india! Si señora. Marlina quiero que te mantengas lejos de mi maridito por qué a él le fascinan las india gordas así como tú. Don Pedro Fontana ya puedo ver que tu vejes, y tu impotencia no te han quitado tu asquerosa costumbre de andar atrás de las nalgas de las indias, y sabe Dios de quien más. Aracely es mejor que te calles la boca.

No me da la gana. Eres impotente para mí, pero cuando estas en la cama con una india entonces eres muy macho. Aracely cállate la boca por qué soy capaz de todo. Ya te dije que no me callo la boca por qué no me da la gana, y no te atrevas a levantarme la mano por que te mato, y tú lo sabes muy bien que lo hago. Con su permiso señora. ¿Qué quieres María, es que ya no te acuerdas de tocar en la puerta antes de entrar? Perdone usted señora Aracely, es que el señor Florencio acaba de llegar a la Hacienda y como usted me dijo que. ¿Dónde está, donde se metió Florencio? El señor entro en su habitación y pidió que no le molestaran. Está bien María, ve para la cocina y la próxima vez toca en la puerta antes de entrar, vieja chismosa. Si sigues tratando a la servidumbre en esa forma todos se van a ir de la Hacienda. ¡Mentiras que no se van nada! Todos se mueren de hambre si llegaran irse de aquí. No me toques Pedro, es mejor que te des un baño estas muy sucio. (La señora Aracely salió de la habitación y se acercó a Yajaira). Si alguien pregunta por mi estoy en las caballerizas. Como usted diga señora. Buenas tardes señora Aracely. (Así la saludaron los criados del establo, al hacer su entrada la gran señora de la Hacienda.) ¿Francisco ya tienes listo todos los caballos? No se te olvide que a las Olyvares les gusta mucho los caballos, ellas son aficionadas a la cría de estos animales. Buenas tardes señora Aracely. ¡Tú aquí! Estoy completamente segura a que has venido por más dinero, por qué últimamente eso es lo único que tú quieres. Se te olvida cuñadita que esta Hacienda también es mía, y puedo salir y entrar cuantas veces me dé la gana. (La contesta del señor Florencio Fontana dejo en silencio a Aracely la cual dio media vuelta y salió del establo seguida por Don Florencio, que para hablarle casi le gritaba. Perdóname cuñadita si te ofendí. Florencio quiero que me hagas un favor. Tú dirás cuñada. Mientras este en la Hacienda, si no hay necesidad que me hables ahórrate la molestia, y no lo hagas. Tampoco me gusta que me mires así idiota, siento que me desnudas con tus miradas, y no se te olvide que yo soy la esposa de tú hermano mayor. Aracely tu sí que eres una hipócrita, a mi hermano es el menos que tú quieres. Te has acostado con casi todos los hombres de Bahía Chica menos con él. Y tú eres un insolente...no te doy una cachetada por qué sé que estas sufriendo por mí. ¿Verdad que te gusto mucho Florencio? (Súbitamente la señora Aracely agarra a su cuñado por la camisa y se le acerca peligrosamente a la cara, y le susurra suavemente). Óyeme lo que te digo Florencio, el día que mates a tú hermano Pedro este cuerpo será tullo para toda tu vida, y la Hacienda también. Puedes tomarte tu tiempo y piénsalo. ¡¡Maldita Aracely!! Eres peor que una serpiente, le voy a decir a Pedro lo que acabas de proponerme. Díselo no me molesta. Por mi parte yo le diré que tú me agarraste

Las nalgas, y que trataste de acostarte conmigo. Veremos a cuál de los dos él le va a creer a ti, o a mí que soy su esposa. ¡Maldita! No creas que esta farsa te va a durar para toda la vida. No sé por qué sufres tanto, tuviste la oportunidad de que yo fuese tuya primero, pero te empeñaste en andar atrás de aquella india estúpida. Ahora soy la esposa de tu hermano mayor y no te queda otro remedio que respetarme como tú cuñadita, pero si te decides solamente tú puedes cambiar las cosas. Aunque yo no creo que te decidas hacerlo por qué eres un Gitano tan cobarde como tu hermano Pedro. Ustedes solamente sirven para llorarle a las mujeres india de Bahía Chica. Has un favor Florencio, no me sigas que ya toda la servidumbre se ha dado cuenta que tú estás enamorado de mí. (Discutiendo los dos entraron en la casa mientras los criados seguían en sus ocupaciones). Mira Florencio lo mejor que puedes hacer es largarte de la Hacienda, total ya no tienes nada que hacer aquí. Desgraciada te vuelves a equivocar cuñada, te voy a demostrar que yo soy el segundo hijo de los Fontana. (Muy decidido el señor Florencio le hablo a los trabajadores). Ustedes dejen lo que están haciendo y vengan aquí. Tu ve y busca a Marlina y a Yajaira, de paso te traes a María y a todos los que están trabajando en la cocina. (Todos los llamados se reunieron en la sala, y el señor Florencio les pregunta). ¿Cuánto tiempo hace que ustedes me conocen? Algunos de ustedes yo los traje a trabajar aquí. Esta fue la Hacienda de mis padres, ahora es y siempre será mi casa. (Todos quedaron en completo silencio). Anda Aracely, mándalos a trabajar para ver si te obedecen a ti, o a mí. Atrévete diles algo. No me grites así Florencio que yo no soy tu sirvienta. ¿Qué es lo que pasa aquí, que son esos gritos? Pedro es tu hermano Florencio, que cada vez que viene a la Hacienda trata de ponerme en ridículo con los criados. Aracely sube a tu habitación, y ustedes a trabajar. Ven conmigo Florencio, vamos a la oficina. (Los hermanos entraron en la oficina, que más bien parecía una Biblioteca). ¿Dime Florencio, que clase de pulgas te pican que cada vez que vienes a la Hacienda te pones a discutir con mi esposa, qué Diablos te pasa? Es que Aracely me saca de quicio. Siempre que me ve en la Hacienda viene con sus pretensiones de ser la dueña de la Hacienda. ¿Es que acaso tú lo dudas? Si yo soy el dueño, y ella es mi esposa. Me entiendes Florencio, Aracely es la señora de la Hacienda, así que esto no se te puede olvidar hermano. Tampoco a ti Pedro se te puede olvidar que la Hacienda, las Tierras, la Empacadora y la fortuna que está en el Banco de la Capital, pertenece a la familia Fontana y que tú y yo somos los hermanos mayores, y tu mujer jamás mandara sobre mi cabeza. Así que hermano no me hables más nada de tu mujer. Yo personalmente he mandado cartas a toda la familia Fontana notificándoles una reunión para la próxima semana. Pedro ya es hora de repartir la herencia en partes iguales. ¡Estás loco! (Le grito Don Pedro muy asustado). ¿Quién te dio permiso para hacer tal cosa? Yo soy el único que tiene el poder para reunir a la familia. Te digo Pedro que estás muy equivocado, eso era en tiempos pasados cuando nuestros padres estaban vivos, yo quiero mí parte, y también nuestros hermanos quieren la parte que les corresponde, y te advierto que también viene el "Señor Corregidor". El Señor Corregidor no tiene nada que hacer aquí en mí Hacienda. No se te olvide mi querido hermano que mientras no haya un Juez en Bahía Chica,

El Señor Corregidor es el encargado por el Gobierno para que la ley se cumpla aquí en Bahía Chica, y en toda la Comarca. Te advierto Pedro si no aparece el testamento el señor Corregidor será responsable por la ley de repartir toda la herencia por partes iguales. ¡Tú estás loco! Te repito Florencio que tú estás loco. (Muy enfurecido Don Pedro le gritaba a su hermano Florencio). Yo solamente decido cuando se reparte la herencia, cuanto le toca a cada uno. Y te advierto Florencio que me opondré a todas esas trampas que tu estas preparándome. Ahora retírate de mi presencia. Mi hermano siento mucho que no estemos de acuerdo, pero yo quiero mi parte ya me estoy poniendo viejo, y quiero dársela a mi hijo querido el único hijo que tengo a Domingo. (El señor Florencio salió de la oficina, cerró la puerta dejando a su hermano mayor muy pensativo, y meditando sobre todo lo hablado con su hermano. Y Don Pedro se hablaba en voz alta). No voy a permitir que me quiten la Hacienda, yo he trabajado mucho en ella, aquí he dejado mi juventud mientras que todos ellos tan pronto murió mamá y papá se fueron para la Capital, y ahora dicen que no son Gitanos, pero quieren quitarme la Hacienda. Primero me tienen que matar antes de que me la quiten. (Hablando y gruñendo entre dientes, Don Pedro abrió la puerta y salió de la oficina para tropezar con Sauri que hacía unos segundos que llegaba). ¿Sauri dónde tú estabas? Salí a dar un paseo a Caballo. ¿Anduviste todo el día paseando, donde Diablos estabas metida? Fui a ver a Raquel, señor Pedro. Eso es una gran mentira. (Le grito la señora Aracely que se acercaba a pasos rápidos). Yo sé dónde tú estabas, fuiste a ver al Capitán Domingo. Mentira yo estaba con Raquel. No tengas pendiente Sauri, si ya todos aquí en Bahía Chica sabemos que tú eres la Amante del Capitán Domingo. La única que no lo sabe es Flor, pero tan pronto llegue a la Hacienda yo se lo diré personalmente. Usted lo que es una metiche como las viejas de Bahía Chica. Lo ves Pedro esta muchacha ya no me respeta, me ha llamado chismosa. Esto sucede por tu recoger esta clase de gente que no se sabe de qué raza son. ¡Basta ya por favor, y dejen de discutir! Tu Aracely entra en la oficina, y tu Sauri ve a bañarte y ponte otra ropa, que esta noche tenemos visitas. (Sauri siguió su camino hacia la cocina, mientras los patrones entraban en la oficina). ¿Qué es lo que quieres decirme? Baja la voz que esto es muy importante. Es referente a mi hermano Florencio, el muy canalla se atrevió a citar a toda la familia Fontana. Es muy probable que pronto todos estén aquí. ¿Es que tu hermano se ha vuelto loco, que es lo que pretende hacer? Quiere que yo reparta la herencia. Ya puedo darme cuenta que tu hermano se la está dando de muy inteligente, el muy Idiota si piensa que nos va a quitar lo que legalmente nos pertenece. Pedro tienes que matarlo, y si tú no lo haces yo misma lo mato. Te das cuenta Amorcito hace años que todos los días hablamos que tenemos que buscar la forma de salir de tu hermano Florencio, este es el momento indicado. Pero Aracely no podemos matar a mi hermano. ¡Tú te callas la boca! Está visto que yo siempre tengo que resolver todo por qué tu eres un inútil. Yo no sé qué estaba pensando tu padre cuando hiso el Testamento le dejo la mayor parte de su fortuna a Florencio. Maldito viejo por su culpa tú has tenido que trabajar como un indio, mientras tus hermanos están gozando la buena vida que hay en la Capital, y ahora vienen…

Con intenciones de quitarnos lo que legalmente es de nosotros, y que tú y yo hemos cuidado por tantos años. Tenemos una semana para planear que vamos hacer con tu familia. Te das cuenta Amorcito en momentos así es preferible tener un buen amigo, y no tener una familia como la que tú tienes que parecen unos Gavilanes listo para devorar la presa. Desde el primer día que lleguen a la Hacienda le hare la vida un infierno, y Gavilanes o no van a tener que alzar el vuelo ý irse, de lo contrario todos van a morir aquí en la Hacienda de los Fontana. Por favor Aracely cállate, por qué lo peor de todo esto es que el muy estúpido mando a buscar al señor Corregidor, y no nos queda otro remedio que recibirlo cuando llegue. Por el momento tú te ocupas por el dinero que tenemos en el Banco de la Capital, que yo me voy a ocupar de tu familia querida, y después nos vamos en el primer Barco que salga para Europa. ¡¡No Aracely, yo no me quiero ir de aquí!! ¿Qué estupideces son esas? Yo no dejo mi Hacienda, yo no me voy Aracely estas son mis tierras. Pedro ya veremos cuando llegue el momento si te vas o te quedas. A ver quién manda más querido si tú, o yo. ¿Hacia dónde vas Aracely? Voy a mi habitación a descansar un poco antes que lleguen las Olyvares. No te preocupes querido, yo tengo que planear muchas cosas por los dos, por qué lo que eres tú no sirves para nada. Así que cuando las Olyvares lleguen fíjate en lo que hablas, y en lo que haces delante de ellas. Ya tu sabes que lengua tienen cuando se refieren a nosotros. (Muy seria la señora Aracely salió de la oficina hacia la sala. Marlina. Mande usted señora Aracely. ve a las caballerizas y dile a Francisco que venga a verme enseguida. Apúrate que estás demasiada gorda. Si señora horitita mismo voy. Yajaira. Mande usted señora. ¿Dónde Diablos estabas? Limpiando su habitación. Quiero tomar Café en el jardín, y cuando llegue Francisco le dices donde estoy. Apúrate. (Pero Francisco no se hiso esperar, pues ya conocía el carácter de su patrona). Aquí me tiene a sus órdenes señora Aracely. ¿Dime Francisco cuantos años tú tienes de vivir aquí en la Hacienda? Como diez años tengo de vivir aquí. Tienes tu casa y tu familia aquí en la

Hacienda. Gracias a usted señora Aracely, pero dejemos este rose, y dígame a quien tengo que matar. Porque usted señora Aracely ha hecho por mi Familia y por mí, y el que se meta con usted si hay que matarlo yo lo mato. Eres muy inteligente Francisco, y conmigo vas a ir muy lejos. Te voy a llenar los bolsillos con mucho dinero, y vas a tener de todo. Si señora Aracely, pero dígame a quien quiere que mate. Tranquilo ya te lo diré a su debido tiempo, pero la próxima semana viene la familia de Don Pedro y tenemos que hacerle la vida imposible a esos Capitalinos, y yo cuento contigo así que no me puedes fallar. Por lo pronto ve a Bahía Chica y dile al Capitán Domingo que venga a la Hacienda que yo quiero hablar con él. Me he enterado que está cerca de la cantina de Juan, disfrutando de su nueva embarcación. Y que se llama Flor Fontana. Qué esperas para irte, búscalo que necesito hablar con él. (Francisco rápidamente se dio cuenta de que mal se quejaba la señora Aracely, y se retiró rápidamente del jardín). Señora Aracely. ¿Y ahora qué quieres Yajaira? Señora ya llegaron las Olyvares. Acomódalas en la sala y bríndales algo de tomar en lo que yo voy a mi habitación y después bajo a saludarlas. Si señora, así lo hare. (Yajaira se quedó mirando como la señora Aracely entraba en la casa, y se dijo…

Así misma). Algo raro ésta pasando en esta familia, bueno será mejor que atienda a las Olyvares. (Mientras que Yajaira se disponía atender a las Olyvares, Francisco montaba su Caballo, y salía hacia Bahía Chica en busca del Capitán Domingo). Capitán ya el Barco está limpio. ¿Qué otra cosa se le ofrece? Mas nada Andrés. Se pueden ir a divertir, pero no se emborrachen por qué sus esposas se van a enojar y les pueden caer a palos. Muchas gracias mi Capitán, vamos muchachos que tenemos el día libre. (El Capitán Domingo se metió en su camarote, y enseguida sus pensamientos volaron hacia Flor Fontana, pero el calor de Bahía Chica y los besos de Sauri controlaban su cuerpo y su Corazón, despertando un fuego que el mismo no comprendía como le era posible querer a Flor, y a la misma vez tener ansias por Sauri, y sentirse apasionado por ella. Poco a poco se quedó dormido. Paso más de una hora y se despertó al escuchar los golpes que Francisco daba en la puerta). ¿Tú aquí, a que se debe tu visita? No es ninguna visita la señora Aracely quiere verlo en la Hacienda. ¿Y qué es lo que su señora ama quiere de mí? Quiere hablar con usted, yo cumplí con avisarle lo demás no me importa. Hombre no se enoje, dile a la señora Aracely que tan pronto consiga transportación iré a verla. Será mejor para usted que vaya a verla enseguida, a la señora no le gusta que la hagan esperar mucho tiempo. Es que acaso no son así todas las mujeres. Les gusta que el hombre espere por ellas, pero cuando el hombre se demora un poquito ellas se desesperan y no quieren esperar al hombre. dile a tu ama que si quiere verme tiene que tener mucha paciencia. (Francisco guardo silencio y salió del Barco. Domingo se quedó un poco pensativo, y poniéndose la gorra de Capitán también salió del Barco, y se encamino hacia la cantina de Juan). Buenas tarde Raquel. ¿Hola Domingo como estas de salud? Bien para el tiempo, no me puedo quejar. ¿Dónde está Juan? Juan está en la cocina. ¿Dime Domingo donde dejaste a Ismael? No te preocupes él está en la casa con su perra Lupina. Voy a decirle a Juan que tú quieres verlo. Mira Raquel, mejor dile que preciso la camioneta para ir a la Hacienda. (Raquel miro a Domingo muy seria, y camino hacia la cocina, y regreso rápido). toma Domingo las llaves de la camioneta, y dice Juan que no lo moleste tanto por qué tiene que trabajar. ¿Te vas a llevar a Ismael para la Hacienda? Sí. Ahora paso por mi casa, de seguro está en la orilla del Rio. Nos vemos Raquel. Hasta luego Domingo. (Domingo subió a la camioneta, y tomo rumbo al viejo puente dejando a Raquel muy pensativa). ¿A qué ira Domingo a la Hacienda, y por qué tiene que llevarse a Ismael? ¿Le estará pasando algo malo a los Fontana? No creo que sea el fin de esta familia. (Las preguntas pasaban por su mente cuando escucho el grito de su marido.) Despierta mujer que te estoy hablando. ¿A que va el Capitán a la Hacienda? No lo sé. Él no me dijo. Yo se lo digo si me sirve un trago de Aguardiente. ¿Y usted que hace por aquí? (Le pregunta Raquel, a Francisco). Anda mujer sírvele un trago a Francisco. (Raquel trajo una botella de Aguardiente y le sirvió un trago en una copita. Francisco lo saboreaba poco a poco). ¿Bueno vas hablar o no? No comas ansias mujer. La señora Aracely mando a buscar al Capitán para que le prestara unos servicios, pero no se preocupen que mi patrona paga muy bien. ¡Eso es mentiras! Todos aquí en Bahía Chica sabemos que tu patrona siempre ha estado enamorada del Capitán Domingo.

Me imagino la clase de servicio que quiere que el Capitán le haga. Baja la voz Raquel, y deja que Francisco hable. (Le dijo Juan a su mujer). Sírvele otro trago de Aguardiente. Dáselo tu Juan, por qué este es igual que su patrona. (De muy mal humor Raquel le dio la Botella a Juan). Tome otro trago Francisco, y dígame que es lo que está sucediendo en la Hacienda de los Fontana. No mucho. Dicen que toda la familia Fontana viene para la Hacienda muy pronto. (Raquel que se había retirado un poco se devuelve y bruscamente le pregunta a Francisco). ¿Tú quieres decir que toda la familia Fontana se van a reunir en la Hacienda? Así es cariño. ¿Para qué? Eso no lo sé, pero yo ya voy a dormir. Oye Juan el día que no quieras a Raquel me la das, que yo me la llevo. Borracho mal nacido, primero muerta antes de caer en tus asquerosas garras. Cállense los dos que viene un Barco. Miren es el Barco de Ramiro Perdomo, el sobrino de Don Pedro. Francisco tírale la soga. Estás loco Juan, no ves que Francisco esta borracho y se puede caer al Rio, mejor tú le tiras la soga así podemos saber quiénes vienen en el Barco. (El Barco de Ramiro Perdomo se acercó a la orilla próximo a Flor Fontana, y a la cantina, Juan protestando salió y le tiro la soga y la amarro al palo más cercano. Del Barco bajaron el señor Luis Perdomo, su hija Carmín Perdomo Fontana, y la señora Carmen Fontana de Perdomo, seguida por su hijo Ramiro Perdomo Fontana., todos entraron en la cantina de Juan). Buenas tarde Juan. Muy buenas tardes tengan ustedes señor Perdomo, pero vengan y siéntense aquí en esta mesa que queda cerca de la ventana. ¿Qué desean tomar? A ellas le traes refrescos de frutas, mi hijo y yo tomaremos Aguardiente. Raquel trae refrescos de frutas para las damas, enseguida le traigo la botella de Aguardiente. ¿Espera un momento Juan, donde tienes tu camioneta? (Juan se quedó callado a la pregunta del joven Perdomo). No te preocupes hombre, hemos venido a alquilártela. Te pagaremos muy bien. Joven Ramiro no tengo la camioneta aquí, está en la Hacienda por que hace como una hora que el Capitán Domingo se la llevo. ¿Lo ves papá, y ahora como vamos a llegar a la Hacienda? No te preocupes hija, yo estoy seguro que Juan nos va ayudar en este pequeño problema. Si señor Perdomo. Le diré a Francisco que se levante y que traiga la camioneta. (Juan se metió en la cocina, y mirando a su mujer le dice). ¿Hasta cuándo esta familia van estar Gobernando en esta Comarca? Estos Gitanos me tienen harto hasta la garganta, se creen por qué tienen mucho dinero, pueden mandar a todos en Bahía Chica. Échale un poco de agua en la cara a Francisco, y dale una taza de café negro, y que se largue a buscar la camioneta. (Juan salió de la cocina protestando mientras llevaba en una mano la botella de Aguardiente, y en la otra mano dos pequeñas copas. Se acercó al señor Perdomo y le dice). Ya se va Francisco para la Hacienda a traer la camioneta. ¿Qué hacía Francisco por aquí tan lejos de la Hacienda? (Le pregunto Ramiro). Él vino a buscar al Capitán Domingo, por qué la señora Aracely quiere hablar con él. ¿Quiere usted decir que el Capitán Domingo se encuentra en la Hacienda? Si señorita Carmín, así es. ¡¡Tú te callas la boca hermanita, que yo soy el que hace las preguntas!! ¿Y para que la señora Aracely quiere a Domingo en la Hacienda? Joven Ramiro, cuando usted llegue a la Hacienda le hace esa pregunta personalmente a la señora Aracely, por qué a mí Francisco no me dijo nada. Solamente él hablo de que había una reunión en la Hacienda, y que toda la familia Fontana tienen que estar presente en la Hacienda. El Capitán Domingo solamente me pidió la camioneta prestada, así que tendrán que esperar que Francisco regrese. Ahora con su permiso, pero tengo mucho trabajo en la cocina si quieren algo más se lo piden a Raquel. (Protestando entre dientes Juan se fue para la cocina y le dijo a Raquel que los atendiera. Mientras que el joven Ramiro le reclama a sus padres). así que nuestra familia tiene reunión en la Hacienda. ¿Y porque no me lo hicieron saber, es a esto a lo que hemos venido? Tu mamá no lo considero muy importante decírtelo por qué todo esto es producto de tu tío Florencio. No importa papá, yo también tengo derecho a saber qué es lo que sucede en la familia, no se les olvide que yo también soy un Fontana, y tengo derecho a la herencia cuando se reparta. Te equivocaste hermanito aquí la única que tiene derecho a esa herencia es mi mamá. Así que si tú quieres algo de esa fortuna tienes que esperar que se muera mi mamá. ¡Estúpida, te dije que te calles la boca! Y te advierto Carmín que cuando lleguemos a la Hacienda no te quiero ver al lado de ese indio estúpido. (Pasaron tres largas horas en lo que Francisco fue a la Hacienda, y regreso con la camioneta). ¡Por fin ya viene Francisco! (Así exclamo la joven Carmín al divisar la camioneta que venía por el camino polvoriento que da al viejo puente). ¿Al fin llegaste Francisco, por qué te demoraste tanto? Perdone usted Don Luis, es que tuve que bañarme primero para que la señora Aracely no se diera cuenta que estuve tomando licor. (Nadie hablo durante el viaje, solamente en la cara de la joven Carmín se podía ver la alegría de irse para la Hacienda. La familia se acomodó en la camioneta, y Ramiro estirando el brazo le dice a Raquel). Toma mujer, dale estos doscientos pesos a tu marido. (Raquel cogió el dinero y le contesta a Ramiro). Que traigan la camioneta mañana temprano pues me parece que vamos a tener más clientes. Además no tenemos mucha gasolina, y ya estamos a fin de semana. Apúrate Francisco, a ver si llegamos temprano. Si joven Ramiro ahora son las cinco de la tarde en una hora llegamos allá. (La camioneta cogió el camino hacia el viejo puente, al llegar al puente Francisco detuvo la camioneta y Ramiro le pregunta). ¿Y ahora que sucede, por qué te detienes aquí? Mire para adelante joven Ramiro el bus que viene de Puerto Nuevo está cruzando el puente, y tenemos que tener mucho cuidado este puente es muy viejo. (Poco a poco haciendo crujir los viejos tablones del puente el feo y todo destartalado bus cruzo el puente, haciendo saltar de alegría a los que viajaban en el). Apurado Francisco, que vamos a llegar muy tarde y a oscuras. Si joven enseguida. (La camioneta cruzo el viejo puente más rápido que el bus, y se perdió en el camino polvoriento. Mientras que en la cantina Raquel y Juan hacían cuentas del dinero ganado durante el día). No podemos quejarnos por el día de hoy, hemos hecho buena suma de dinero. Si Juan tienes mucha razón, pero mira allá en el cielo. Mira bien lejos donde parece que se une el Cielo con el Mar, pues hace como dos días que ese punto negro está ahí, y se está poniendo más grande. A lo mejor es una nube. No Juan. Para mí es como un presagio de que algo grande va a suceder aquí en Bahía Chica. ¿Qué te pasa mujer, ya empiezas con tus cosas? Estoy seguro que ya fuiste a ver a Casimiro, ese indio Brujo va a volver loca a todas las mujeres de Bahía Chica incluyéndote a ti. Así que deja esa nube tranquila y vamos a trabajar que casi es de noche. Espera Juan. Mira ya viene el Bus de Puerto Nuevo. (El viejo Bus arrimo a la cantina). Buen día tenga su Merced.

(Así saludaba el chofer a Juan, y a Raquel mientras los ansiosos pasajeros se bajaban del Bus). Buenas tardes Raquel. (Raquel se quedó mirando aquella mujer blanca y pelirroja, con pecas en la cara, y que la saludaba muy amistosamente mientras se bajaba del Bus). ¿Qué te pasa Raquel, ya no te cuerdas de mí? (La hermosa mujer se levantó el ala de su sombrero color Rojo, haciendo que Raquel exclamara de alegría). ¡Flor tú aquí! Caramba Raquel por fin me reconoces. Yo al contrario te vi y supe enseguida quien eres, por qué tú no has cambiado en nada. Por favor Juan que los muchachos bajen los Baúles, son tres y dos cajas, y que los bajen con mucho cuidado. Si señorita Flor, enseguida. (Flor Fontana entro en la cantina seguida de Raquel que no dejaba de mirarla, asombrada de su presencia en Bahía Chica). ¿Porque me miras así Raquel? Si es verdad te estoy mirando. Me molesta que me mires así, por qué me estas mirando como a un bicho raro. Como si nunca me hubieras visto. ¿A qué has venido Flor, por qué regresaste a Bahía Chica? Ya puedo ver que no estas contenta con mi regreso, pero eso me tiene sin cuidado. No te creas que he regresado por mi gusto, la vida de las ciudades grande me gusta más que vivir entre ustedes, este Rio y la selva los vuelve a ustedes salvaje, y sin educación. Entonces si somos así como tú dices regrésate a tu ciudad grande, aquí en Bahía Chica no le haces falta a nadie. ¿Me comprendes Flor? Mira Raquel no te mortifiques tu vida con mi presencia por qué no tengo intenciones de quedarme aquí en Bahía Chica. Dime donde esta Domingo, que necesito que me lleve a la Hacienda. (Raquel se acercó a la ventana y miro hacia el ancho Rio donde se encontraban amarrados los Barcos de los primos Fontana. Pretendiendo no haberla oído siguió mirando el Rio. Mientras que Juan ayudado por dos hombres entraba con los Baúles, entonces Raquel volviendo a mirar a Flor Fontana le dice). Tú traes demasiado equipaje para quedarte unos días nada más. Mira Raquel, me quedo los días que a mí me dé la ganas. Al fin esta comarca pertenece a mi padre, y este mugroso puerto también. Dime donde esta Domingo, me entere que se compró un Barco pesquero. Muy bien si no me quieres decir donde esta iré al Barco a buscarlo. (Muy decidida Flor camino hasta la puerta y miro hacia la orilla del Rio). ¡¡Caramba!! Ya pues que le puso mi nombre. "Flor Fontana". No vallas al Barco, él no está en Bahía Chica. Tranquilízate Raquel, me es un poco raro este enojo que tienes conmigo, pero a mí me parece que tu estas enamorada de Domingo. No. Yo no estoy enamorada de él. Querida Raquel, me lo vas a negar a mí. Si se te nota en la cara que estas sufriendo por él. No es cierto esas son insinuaciones tuyas. Querida Raquel, pensándolo bien por qué no. Tú eres una mujer joven, Ismael ésta loco, y tu marido es un hombre viejo. ¡Tú lo quieres! Lo que paso es que la competencia por Domingo fue mucha y muy fuerte. (Flor y Raquel, mantuvieron silencio mientras que Juan metía la última caja y volvía a salir. Raquel se le acerco a Flor Fontana y hablándole en un tono más suave le dice). Domingo nunca tuvo ojos para mí, siempre bromeaba conmigo y muchas veces me dijo que yo era la hermana que él hubiera querido tener, pero una es mujer y hay veces que nos hacemos sueños que nunca podemos alcanzar. Domingo para mi es el sueño que yo nunca podré realizar en mi vida, sin embargo mira que ha puesto sus ojos en Sauri, en ti, y también en otras más, menos en mí.

Sauri, esa va a saber quién soy. Ya me escribieron y me han dicho que es Amante de Domingo, pero hasta hoy termino todo, lo disfruto por varios años ahora le toca sufrir cuando lo vea entre mis brazos. Señorita Flor, ya todo el equipaje está dentro de la cantina. ¿Se le ofrece algo más un refresco, o desea comer algo de la cocina? Muchas gracias Juan, pero ahora lo que quisiera es transportación para la Hacienda. Me temo que eso no podrá ser hoy la camioneta se la llevaron para la Hacienda justo cuando usted llegaba, y el padre Fermín, que es el único que tiene un Jeep en Bahía Chica se encuentra en la selva Bautizando a los indios. Y le digo que el Capitán Domingo no está aquí, él se encuentra en la Hacienda. ¿Y mi tío Florencio donde esta? Ya puedo darme cuenta señorita Flor que usted no sabe que en su casa hay reunión de familia. ¡Cállate Juan! A lo mejor a Flor no la consideran miembro de la familia. No me mandes a callar mujer, no te das cuenta que la señorita Flor ha pasado muchos años lejos de su familia, y es muy probable que ella no esté enterada de todo lo que está sucediendo entre ellos. ¿Juan acaso tú sabes para qué es la reunión? No señorita, pero se rumora que es para repartir la fortuna de los Fontana. Eso es mentiras, no lo creo. No creo que mi papá haga una cosa así. ¿Porque no señorita Flor? Porque mi papá es el único dueño de toda la fortuna de los Fontana, él es el único que la ha trabajado y la ha hecho crecer. ¡Maldito pueblo! Como es posible que no haya forma de ir para la Hacienda. (El grito que dio Flor hiso que los únicos tres clientes que quedaban en la cantina los miraran.

Rápidamente Juan les dice). Ustedes ya es de noche cada uno para su casa, voy a cerrar temprano. Y usted señorita Flor dormirá en la habitación de atrás, por qué en el Barco del Capitán Domingo o en el de Ramiro, usted no puede dormir por qué los hombres la pueden molestar y a estas horas usted no puede ir a ningún lado. Ya es de noche y los Bandoleros, y matones están en el camino asechando sus víctimas. Señorita Flor, lo mejor que usted puede hacer esta noche es descansar de su largo viaje, mire que esta es una comarca muy salvaje y peligrosa. ¿Y para que regresaste? (Le grito Raquel en tono violento). Esta es la Costa, estamos a la orilla del Mar, y el Rio del indio nos cruza por el mismo medio rumbo a la selva. Por eso que los de Bahía Chica somos salvajes y de sangre caliente. Mira Raquel no me vengas a tratar de educar, por qué yo nací y me crie aquí en Bahía Chica, y la única diferencia entre tú y yo es que mi padre quiso que yo estudiara en la Capital. Y que conociera otros países. Sin embargo tú Raquel sigues viviendo aquí sin educarte, y solamente conoces hasta donde tus ojos alcanzan a ver. Así que déjame tranquila por qué soy capaz de decirle a mi padre de que cierre esta mugrosa cantina y estoy segura que tú y Juan se mueren de hambre, o se tienen que ir para la selva a vivir con los indios. Por favor señorita Flor, usted no le va a pedir tal cosa al señor Don Pedro. Mire que la cantina es lo único que tengo. Que estúpido eres Juan, por favor no pierdas tu orgullo de hombre. no tengas ningún pendiente Juan, no le pediré tal cosa a mí padre, pero controla un poco a tu Pantera que es un animal salvaje, y no le permitas que me hable así, por qué me quiere arañar. Ya es suficiente Raquel, que con tus palabras de odio me comprometes a mí también. Deja tranquila a la señorita Flor, y cada una a su habitación. (Raquel camino lentamente hacia una de las dos habitaciones …

De dormir que tiene la cantina. La siguió Flor, y Juan cerro las puertas y las ventanas, también apago la mecha de los Quinqué, y la noche llego y todo aparentemente quedo tranquilo en Bahía Chica. La camioneta se detuvo frente a la puerta principal de la Hacienda, Yajaira corrió a la sala donde se encontraban las Olyvares compartiendo con los Fontana. La viuda Olyvares es una prima lejana de los Fontana que hace varios años que vive sola con sus dos hijas Josefa, y Clementina las hermanas ya andaban en los treinta y pico de edad, y la viuda se negaba a reconocer su edad). Patrón acaba de llegar su hermana Carmen, el esposo, y los hijos Carmín, y Ramiro. ¡Por fin llegaron ya creía que les había pasado algo! (Esa fue la exclamación de la señora Aracely). Pero Yajaira pronto que pasen a la sala. Apúrate. ¿Querida cuñada como estas de salud? Muy bien Aracely, pero con este viaje me siento toda adolorida, lo que es Bahía Chica nunca va a cambiar. No se te olvide hermana que se supone que nosotros la tenemos que cambiar. (Le contesto el señor Florencio al hacer su entrada en la sala). Florencio, Pedro, queridos hermanos ustedes no cambian siempre son los mismos. (Después de saludar a los presentes la señora Carmen pidió retirarse a su habitación de siempre). Yajaira acompañe a la señora Carmen a su habitación. Si señora Aracely, enseguida. Vamos Luis que me siento muy cansada. ¿Y tú Carmín no estás cansada? No mami. Yo me quedo conversando un rato más. Y yo también. (Así dijo Ramiro muy alegre.) Tío Pedro vamos hacer un brinde por todos los presentes. Tienes razón Ramiro, brindemos por. Buenas Noche. (Todos miraron hacia de donde procedía la voz. El Capitán Domingo hiso su entrada en la ancha y lujosa sala en compañía de Sauri. El joven Ramiro al ver a su primo Domingo, rápidamente camino hacia él). ¿Y a ti quien te invito? Que yo sepa esta reunión es para los Fontana nada más. (Como un latigazo en la cara, Don Florencio le dio el frente a su sobrino.). Basta ya de peleas Ramiro, tu sabes muy bien que Domingo es mi único hijo. (Sin darle tiempo a que Ramiro le contestara a su tío Florencio, la señora Aracely se acercó al Capitán Domingo, y sin simular de un solo empujón aparto a Sauri hacia un lado y agarro el brazo del Capitán Domingo). Perdonen ustedes, pero yo invite a Domingo para evitar más problemas en la familia referente a él. Al fin menos una, aquí todos somos Gitanos. Ahora con su permiso sigan divirtiéndose mientras yo atiendo a la servidumbre de la cocina. Yajaira. Yajaira ven aquí. (Sin protestar el joven Ramiro se acercó al pequeño bar, y se sirvió otro trago de Aguardiente mientras su hermana se acercó a su primo Domingo). ¿Cómo estas Domingo? Muy bien Carmín. Es una sorpresa verte por aquí en la Hacienda, ya estas hecha toda una mujer. Hace tiempo que soy una mujer, lo que te sucede es que tú te estas poniendo ciego. No será señorita Carmín, que Domingo mira solamente lo que le conviene. Sauri es muy probable lo que tú dices, pero a ti nadie te lo ha preguntado. (Una leve sonrisa cruzo por la cara de Sauri al ver el enojo de Carmín). ¿Joven es verdad que usted es dueño de un Barco pesquero? ¿Y quién quiere saber? Josefa Olyvares, a sus órdenes. Así es señorita. ¿Y es verdad que el Barco se llama "Flor

Fontana"? Así es señoritas. Clementina Olyvares, a sus pies. Oh, que romántico es usted Capitán Domingo, pero venga con nosotras que le vamos a presentar a nuestra joven madre. (Carmín al ver que las hermanas Olyvares se llevaron a Domingo, se acercó a Sauri y le recrimina).

Ya lo ves Sauri, todo es culpa tuya. ¿Pero que yo hice ahora? Esas Lobas han agarrado a Domingo, y para que lo suelten va a pasar su tiempo. No te preocupes Carmín por qué horitita Domingo viene para acá. ¿Porque tú estás tan segura de él, acaso es tu novio? No es mi novio, pero tan pronto las Olyvares le hablen de matrimonio el pobre estará a nuestro lado muy tranquilito. No será tu novio, pero ya puedo ver que te interesa mucho, y que lo conoces demasiado. Ven Sauri, vamos al jardín por qué a mí me gusta los chismes. (Las dos muchachas se fueron corriendo para el jardín mientras que Don Pedro, Florencio, y el joven Ramiro trataban de ahogarse con una botella de Aguardiente un trago, tras del otro, y las Olyvares mantenían asediado al Capitán Domingo y la señora Aracely le preguntaba a Yajaira). ¿Ya se acostaron a dormir? Si señora Aracely los dos ya están en la cama, yo misma le apague la luz de la habitación. Muy bien Yajaira. ¿Y llegaron los dos músicos? Si señora. Vístelos bien y que vayan enseguida para la sala a entretenerlos con su música. También le dices a Francisco que no quiero que se emborrache, y que se asegure que el motor de la planta produce buena electricidad, y a ti te quiero ver en la sala. Si señora Aracely. Bueno…apúrate india. ¿María ya está preparada la cena? Hace rato señora Aracely, cuando usted ordene la pongo en la mesa. No, todavía no. Esperemos que beban lo suficiente para que esta noche duerman como unos Angelitos y no molesten a nadie. Desde ahora en adelante tienes que asegurarte que siempre hay comida en la cocina más tardar el Lunes, o el Marte tendremos a toda la familia Fontana en la Hacienda, comiendo todo lo que este a su alcance. Mi niña no te amargues la vida, si cuando el viejo Fontana estaba vivo todos sus hijos se reunían en la casa vieja, y la fiesta duraba varios días. María cállate la boca. Sabes muy bien que no me gusta que menciones la casa vieja, esos tiempos ya pasaron y ya ellos están muertos, pero estos Fontana vienen con intenciones de quitarme lo que legalmente es mío. Pedro y yo hemos pasado mucho trabajo en todos estos años. Pero mi niña el señor Don Florencio siempre ha estado al lado de ustedes. A él también soy capaz de matarlo si no acepta lo que le voy a proponer, y tú María aprende a tener tu boca cerrada, y deja de llamarme mi niña, por qué yo no soy tu hija, y tú lo único que eres aquí es la negra cocinera de la familia Fontana. Así que trabaja un poquito más, y no duermas tanto que estas muy gorda. (Mientras la señora Aracely preparaba sus planes, Sauri y Carmín conversaban de todos un poco). Mi madre está desesperada por vivir aquí en la Hacienda, pero mi padre es un hombre de la selva, y mi hermano se ha convertido en un Lobo del Rio. ¿Y a ti Carmín donde te gustaría vivir? A mí me gustaría vivir en las ciudades grandes donde haya hombres que me Amen, y yo poderlos Amar. La selva está llena de hombres bastos, Indios, bandoleros y mercenarios que nada más hacen el sexo como los animales, y no tienen educación para tratar una mujer decente. Además carecen de sentimientos para Amar. No te creo Carmín, el hombre de Bahía chica si sabe amar a su mujer. No será fino y educado como el de las ciudades grandes, pero si tienen buenas costumbres, y algunas cositas más. Mira Sauri, tu defiendes a los hombres de aquí por qué tu no conoces las ciudades grandes como la Capital del País, pero yo si las conozco. Óyeme Carmín en la tierra donde yo quiero…

Vivir, es en Bahía Chica. ¡¡Caramba Sauri!! Esas mismas palabras que acabas de decirme Domingo me las dijo hace mucho tiempo cuando yo era más joven. ¿Dime Sauri, te gusta mucho Domingo, verdad que te gusta? ¡Claro está que le gusta! ¿Tía usted nos estaba escuchando? Si Carmín. ¿Y a qué mujer no le gusta un hombre como el Capitán Domingo? Porque a mí también me gusta ese hombre. Tía Aracely por favor baje la voz, por qué tío Pedro la puede oír. No te preocupes sobrina que a tu tío lo que es la sordera, y la impotencia, lo van a llevar al suicidio. Por que como hombre ya no sirve, sin embargo Domingo esta como un Coco. (La intervención de la señora Aracely hiso que las muchachas se miraran y se preocuparan un poco, pero Carmín con deseo de saber un poquito más sujeto el brazo derecho de la señora Aracely haciendo que su tía tomara más confianza, y la señora Aracely con una sonrisa burlona, miraba a Sauri que sería como un Mártir sufría todo lo que la señora hablaba). ¿Y a ti Carmín, como te parece Domingo? Como hombre Domingo es un sueño que toda mujer quisiera hacerlo realidad, y yo todas las noches sueño morir entre sus brazos. ¿Y a ti Sauri que te parece? (La joven Sauri miro muy seriamente a la señora Aracely antes de contestar). El Capitán Domingo es bueno, y muy religioso. No, niña no. Yo digo como te parece como hombre, como un macho. Ya que la gente de

Bahía Chica dicen que tú te lo has comido, pues tú tienes que saber más que nosotras. ¡Eso es mentira! Entonces habla da tu opinión. (Mirándolas en tono defensivo Sauri les dice). Domingo es un Gavilán.

¿Dime Sauri, como es un Gavilán?

Carmín, el Gavilán es sereno, tranquilo, y muy detallista.

Asimila mucho a su presa, y cuando la agarra con nadie la comparte,

Y solo el disfruta del festín devorándola toda por completo.

¡Pero que bruto, que salvaje! Tía yo quiero que Domingo me devore todita, no me importa lo que me quiera hacer. No te preocupes Carmín, o lo compartimos entre las tres, o ninguna se acuesta con él. Y pensar que lo tendremos más de una semana para nosotras solamente. ¿Estás de acuerdo conmigo querida Sauri? Usted se á equivocado señora Aracely. Yo también soy como el Gavilán, a mí tampoco me gusta compartir la presa. Y mucho menos lo que quiero para mi solita. India recogida, a nosotras que nos importa que tú te enojes. Si Carmín y yo queremos estar en las garras del Gavilán, mira a ver si puedes evitarlo. Ahora regresemos para la sala antes que sospechen algo y se pongan hacer preguntas. (Las tres mujeres entraron en la sala, y la señora Aracely sonriendo le comenta a Carmín). Mira tú, quien se va a imaginar que entre los Fontana hay un Gavilán. Aracely dile a la cocinera que esta familia de Gitanos ya tenemos hambre. Ya voy Pedro. No tienes que gritar por qué ya podemos ver que as bebido demasiado. (La señora Aracely tomo rumbo a la cocina, mientras que Carmín se acercó al Capitán Domingo, y de un jalón se lo llevo para el jardín...

Dejando a las hermanas Olyvares muy enojadas. La viuda Olyvares tomo de un brazo al señor Florencio y lo separo del joven Ramiro, y la botella de Aguardiente. Mientras Don Pedro permanecía sentado el joven Ramiro se acercó a Sauri). Estás hermosa, pareces una Leona. ¿Dígame joven Ramiro como son las Leonas, ya que usted lo dice? Las Leonas son así en esa forma que tú me tratas. ¿Y cómo yo lo trato? Tu siempre estas esquivándome, y dándotela de importante, como diciendo.. el León que sea capaz de dominarme tiene que cuidarme como una prenda fina, de lo contrario me pierde. Si Sauri, tú brillas más entre las mujeres de Bahía Chica ya que tu belleza es incomparable, pero algún día tú vas a ser mía por qué yo sé un secreto que tú quieres saber referente a tu mamá, y ese es el pago que yo quiero, que seas mía. (Sin decirle más nada el joven Ramiro se alejó de Sauri dejándola en silencio, y muy sorprendida. Lentamente Sauri camino hacia el comedor, y alrededor de la mesa ya se encontraban sentados casi todos menos Carmín y Domingo, que estaban conversando en el jardín). ¿Es verdad Domingo que eres un mujeriego? Carmín por favor acuérdate que tú lo has dicho, yo no lo dije. Te digo que la gente le gusta hablar mucho. ¿Y por qué yo no te gusto? Carmín no digas eso, tú me gustas mucho. (Carmín lo abrazo por la cintura, y dejo que las manos de Domingo le tocara las caderas mientras sus labios buscaban desesperadamente los de Domingo. Separándola un poquito Domingo le susurra en el oído). Si tú quieres que yo sea tulló, yo necesito que me hagas este favor. ¿Y ahora por qué no me contestas? Porque estas pidiendo demasiado Gavilán, pero voy a ver qué hago por ti. Es más Gavilán, lo voy hacer por qué tú me gustas demasiado. (Carmín se metió en la casa seguida por Domingo que sonreía suavemente. Terminando de Cenar se fueron retirando a sus habitaciones, y Yajaira le dijo a los músicos que no podían irse de la hacienda por qué tenían que tocar toda la semana). ¿Señora Aracely se le ofrece algo más? Si, Dime donde esta Pedro, por qué en mi habitación no está. Señora Aracely, el patrón se llevó a Marlina para la casa vieja. Si usted quiere los voy a buscar. No, déjalo tranquilo con ella, y te prohíbo que digas donde Pedro paso la noche. Si lo dices te corro de la Hacienda, también a la gorda de tu hermana. Como usted mande señora Aracely, yo no diré nada. Ahora vete a dormir y si oyes algún ruido no te levantes por nada. (al poco rato después de haberse retirado Yajaira, la señora Aracely abrió con suavidad la puerta de su dormitorio y miro hacia ambos lados del pasillo, y se aseguró que no había nadie y que todo estaba en silencio, y a pasitos suaves comenzó a bajar por la escalera y). ¡Ay estúpido, condenado loco! ¿Y qué diablos haces aquí en los pasillos a estas horas de la noche, y sin tu Amó? Hii hii Ismael quiere decirte algo. Tu decirme algo…pues habla rápido. Hii hii, ya se me olvido. La verdad que tú si quedaste estúpido, y loco. Es mejor que te largues con tu amo Domingo, y no me hagas perder la paciencia. (Ismael obedeció a la señora Aracely, y se dirigió hacia las habitaciones de la servidumbre mientras la señora maldecía entre dientes). ¡Maldito loco, debió morirse aquel día! Me echo a perder toda la noche, es mejor que me quede tranquila en mi habitación. Tú aquí. ¿Qué haces aquí en mi Alcoba, y acostado en mi cama? la noche es muy larga y me sentí un poco aburrido en mi habitación, y he decidido hacerte compañía.

Mira Ramiro es mejor que te retires a tu aposento por qué tu tío Florencio está muy pendiente de mi persona, y de todo lo que yo hago en la Hacienda. Lo que es por esta noche no te preocupes por mi tío, su prima Jacinta y él están muy acurrucaditos en la cama. condenada viuda no pierde su tiempo, siempre me pareció que quería algo con Florencio, a menos que esté interesada por la Hacienda. ¿Y nosotros que? Déjame tranquila Ramiro, que no me dejas pensar. Valiente Amante que eres, que esta es la hora que no te has atrevido a matar a tu tío Pedro, ni tampoco a Florencio. Te equivocas Aracely, por qué yo si quiero matarlos. Quiero tener dinero, mucho dinero. Quiero salir de esta Comarca. Me han dicho que Paris es una ciudad llena de mujeres hermosas deseosas de ser amada por un hombre así como yo, pero tenemos que tener mucho cuidado en la forma que ejecutemos nuestros planes por qué si nos descubren vamos a parar en la Horca. Así que no comas tantas ansias por qué yo soy tu fiel aliado. A mí también me interesa la Fortuna de los Fontana, y la parte que me toque no quiero compartirla con nadie. El estúpido de mi padre ya no tiene ni un Céntimo, y mi madre se puede morir en cualquier momento esperando que mi tío Pedro reparta la gran Fortuna. Querida tía ya que tú me pones la obligación de matar a tú marido, por lo menos puedes darme el numeró de la cuenta que él tiene en el Banco de la Capital. Pero Ramiro tú piensas que yo soy una estúpida. Si yo te doy el numeró de la cuenta de seguro que no te vuelvo a ver más nunca en mi vida. Querida tía si de verdad tú me quieres lo harías, pero así como tú no confías en mí, yo tampoco confío en ti. Perdóname Ramiro, pero será mejor para los dos que olvidemos lo acordado. Por favor Aracely, piensa bien que las cosas ya no son como antes. Ahora yo sé tú secreto, y eso no se puede olvidar tan fácilmente y mucho menos cuando estoy falto de dinero, y de Amor. ¡Maldito! Estas muy equivocado por qué yo a ningún hombre le permito su chantaje si haces tu trabajo te pago de lo contrario de mí no ves ni un Céntimo. Ahora lárgate de mi habitación por qué quiero dormir. No. Todavía es muy pronto para irme ahora es que empieza la noche para los dos, y te advierto querida tía que tu solita no vas a poder dominar a toda la familia Fontana. Tú sabes que mi tío Florencio, y el bastardo de Domingo siempre han querido ser los únicos dueños de toda la Fortuna Fontana, y mi tío Pedro ya se siente cansado de tanto trabajo que hay en la Hacienda. El pobre no ha tirado la toalla por qué no tiene un hijo heredero en el que pueda confiar. ¡Cállate Ramiro, tienes la lengua muy suelta! No te enojes querida tía que si esta noche es larga ya te puedes imaginar la próxima semana cuando empiecen a llegar tus cuñados, y pidan un evaluó de la Hacienda, y un registro de las ganancias en los últimos veinte años desde el día en que murieron mis Abuelos, en la Casa Vieja. ¡Maldita Casa Vieja! Todo el mundo la menciona como si fuera algo muy especial. Lo es aunque a ti te moleste que yo la mencione, pero en la Casa Vieja se celebraban las fiestas más grandes de toda esta comarca. A sido visitada por los Gobernadores, y también por un Presidente. Yo me acuerdo que los indios la llamaban la casa de los espíritus, y los pescadores le dicen el nido de los Gavilanes. Por favor Ramiro no digas más nada. Y por qué no si así llamaban a todos mis tíos por qué siempre terminaban todas sus fiestas con orgias sexuales.

Le pagaban a los bandoleros para qué le trajeran las indias más jóvenes que hay en la Selva, y los muy Gavilanes sexualmente las violaban y muchas veces las mataban. Sí. Nosotros éramos muchachos, pero yo me acuerdo que mi tío Pedro cuando se cansaba de una india me la traía a la cama y me decía. Toma sobrino juega con ella. Y ya tú puedes ver Aracely que la ley nunca les hiso nada porque el dinero lo compra todo, y siempre tienes amigos dispuesto hacer por ti lo que tú le pidas, por eso yo quiero tener mucho dinero para poder vengarme de todo aquel que me a fregado mi vida. Aracely quizás yo no sea un Gavilán como mis tíos lo fueron, pero si soy el único aliado que tienes y también el único Amante dispuesto a complacerte cuantas veces me lo pidas. No te creo Ramiro. Si de verdad me fueras fiel como tú dices ya mi marido estuviera muerto, y yo estuviera casada contigo y solamente nosotros dos seriamos los únicos dueños de esta Hacienda, y de toda la fortuna de los Fontana. No comas ansias cariño, por qué ahora si vengo decidido a todo. Dime. ¿A cuál de los dos quieres que mate primero? Naturalmente que a tu tío Pedro, de esa forma yo soy la viuda y tendrán que esperar a que el señor Corregidor haga nuevos documentos de herederos, y esa será nuestra oportunidad para aprovecharnos de todos ellos, y como el dinero lo compra todo le ofreceremos una cuantiosa suma al señor Corregidor y yo estoy segura que no la va a rechazar. ¿Te has olvidado de Flor Fontana? ¡Qué importa ella!!! Es que acaso tú también estás enamorado de Flor. (Ramiro no le contesto se levantó de la cama y se acercó a Aracely, y tomándola de la mano suavemente la llevo hacia la cama mientras le hablaba en voz baja). Ven acércate a mí. Ya puedo ver que tienes los nervios muy alterado, y que dudas de mi Amor. Aracely yo siempre te he sido fiel lo que ha sucedido es que el testarudo de mi tío Pedro no le da ni una gripe, pues ahora si se va a morir de verdad. No te creo Ramiro, así me dijiste la otra vez cuando estuvieron en la Hacienda, pero ahora si estoy decidida y si tú no lo haces, le pagare a otra persona para que lo mate. No seas terca mujer. Ya te dije que lo matare, pero si dudas de mi palabra me voy de la Hacienda ahora mismo. No. No te vayas quédate esta noche conmigo. ¿O es que no te das cuenta que me siento muy sola? Tu tío me tiene abandonada y sin caricias, pero esta noche quiero ser tuya una vez más. Ven has me sentir que soy una mujer, y que estoy viva aunque tú no me quieras, y yo a ti tampoco. (En forma desesperada la señora Aracely abrazo a Ramiro, y unido por el deseo carnal los dos cayeron en la cama mientras la tranquilidad de la noche se sentía en toda la Hacienda). ¿Qué te pasa Sauri? (Le pregunto María). No tengo sueño, y estoy pensando en lo que me dijo Ramiro. ¿Y qué te dijo ese sinvergüenza? Me dijo que el sabia un secreto referente a mamá. (María pego un brinco en la cama, y se quedó mirando a Sauri). Aléjate de ese hijo del Diablo, que te puede volver la mente loca. María no sé por qué te pones así tan nerviosa, sabes muy bien que toda mi vida he querido saber quiénes fueron los que mataron a mi madre. ¿Para que, para tu matarlos? No lo sé, pero si los descubro se lo diré al señor Corregidor. Pero Sauri tú tienes que tener pruebas para que el señor Corregidor los encuentre culpables. Buscare esas pruebas, y si no es así entonces me volveré Juez y verdugo. ¡Basta ya Sauri eso es venganza! Lo mejor que puedes hacer es tratar de dormir.

No sé por qué me cortas tan rudamente cuando hablamos de los culpables, como si te molestara. Naturalmente para ti es fácil acostarte a dormir todas las noches porque nunca viste a tú mamá muerta como yo vi a la mía con agujeros en su cuerpo, y en un charco de sangre. Jamás olvidare a mamá. Perdóname Sauri, no ha sido mi intención herirte lo que sucede es que tu mencionas la muerte de tu mamá muy seguido, y no tedas cuenta que la vida continua y no deja de ser vida para los que estamos aquí. Ella no está aquí, pero nosotros tenemos que seguir viviendo, y seguir trabajando. Pero María es justo que a uno se le haga justicia en vida, y también después de muerto ya que uno viene a este mundo sin pedirlo. Te lo juro María que la sangre de Aquarina y Crisol, y también la mía, estamos hace años pidiendo justicia, y venganza. Schuuu habla bajito. ¿Qué pasa? Puedo jurar que hay alguien en la puerta escuchándonos. Voy abrir la puerta. Por favor Sauri si vas a mirar abre la puerta despacito por qué yo tengo mucho miedo. Es mejor que te sientes por qué me pones nerviosa. (Sauri abrió la puerta a tiempo para alcanzar a ver a la persona que se retiraba a pasos rápidos de la puerta). ¿Quién es? Es Ismael, con su perra Lupina. Yo te juro Sauri que sentí su respiración pegada a la puerta. María eso no importa si Ismael no entiende nada de lo que uno le habla. Pero Sauri, y quien nos asegura que no vuelva a recuperar la memoria. Mira María tú tienes razón lo mejor es tratar de dormir antes que tú me pegues tu nerviosismo. Tú ves Sauri, ahorita ya no tengo sueño y no sé por qué yo siempre tengo que escuchar todas tus lamentaciones. ¿Por favor María párale ya, y dime que estará haciendo Ismael tan tarde en la noche caminando por los pasillos de la casa? Lo que es a mí no me lo preguntes, pregúntaselo al Capitán Domingo. (María se cubrió de pies a cabeza, con la sabana y así la mañana llego a la Hacienda). Te digo que tienes qué apresurarte. Tienes que salir de mi habitación, rápido por favor. Tranquila Aracely, que nadie me vio entrar, y tampoco me verán salir. Ramiro eso es lo que tú piensas, pero siempre hay alguien que esté pendiente. Mujer ya estoy vestido, ahora fíjate a ver si hay alguien en el pasillo. Rápido que no hay nadie. (Ramiro salió de la habitación y la señora Aracely cerró la puerta suavemente. Ramiro no había caminado tres pasos cuando escucho en su espalda una voz que lo saludaba). Buen día joven Ramiro. ¿Durmió usted bien? Si Yajaira, si dormí bien. ¿Porque me lo preguntas? Es que anoche usted bebió mucho Aguardiente. ¿Qué hora es Yajaira? Joven son las siete de la mañana. Yajaira si te preguntan por mí tú le dices que no me has visto. No se preocupe joven ya todos saben dónde usted está, y donde paso la noche. Está visto que en esta Hacienda no se puede hacer vida normal. Ramiro bajo por la escalera a pasos rápidos, y la puerta de la habitación de la señora Aracely se volvió abrir). Yajaira ven aquí enseguida. Entra que quiero hablarte. Usted dirá señora Aracely. Yo sé que tú viste a Ramiro salir de mi habitación, y no quiero que los demás se enteren que.. Usted perdone señora Aracely, pero ya todos lo saben que el joven Ramiro paso la noche con usted. ¿por qué dices eso, como es que todos lo saben? (Casi sonriendo en la cara Yajaira le contesta). Señora Aracely no lo sé realmente, pero a todos le lleve Café temprano en la mañana y todos me hicieron la misma pregunta.

Yajaira por favor acaba ya, y dime que fue lo que te preguntaron. ¿Ya salió el joven Ramiro de la habitación de la señora? ¿Es que todavía no se han levantado? ¡¡Oooiiii Dios mío, qué familia más chismosa!! Todos son una partida de mal educados que se han pasado toda la vida acechándome para ver qué es lo que yo hago o dejo de hacer, y después van corriendo a decírselo a Pedro. Degenerados que son todos. A mí que me importa qué hablen de mí. Anda traerme el desayuno, y le dices a Francisco que quiero hablar con él. ¿Señora Aracely en su habitación? Si estúpida, en mi habitación. Y fíjate en lo que dices de mí por qué soy capaz de cortarte la lengua. (Yajaira conociendo a su patrona Aracely, enseguida fue a buscar a Francisco). La patrona quiere verte, así que sube enseguida. ¿Y tú Yajaira no me quieres ver? (Yajaira metió la mano en el bolsillo derecho de su vestido y saco un pequeño puñal, hiso que Francisco retrocediera varios pasos). ¡No te atrevas a tocarme por qué te mato! Hombres como tú nada más piensan en lo que papá Dios le puso a uno entre las piernas. Eres muy arisca Yajaira, tu hermana Marlina es muy diferente a ti, ella es más complaciente. (Sin darle la espalda Yajaira se alejó de Francisco, y rápidamente se metió en la casa). ¡Maldita india un día de estos la voy a hacer mía aunque no quiera! (Dejando el barril de gasolina a un lado Francisco fue a ver a su patrona). Usted mande señora Aracely. Quiero que te lleves a otro hombre contigo a Bahía Chica, y te llevas el Jeep de Pedro y le dejas la camioneta a Juan. Quiero que te traigas tres muchachas para trabajar, para que le ayuden a Yajaira en la limpieza de la casa. Quiero muchachas decentes, no de esas que se acuestan con ustedes. ¿Tú me entiendes? Si patrona

Aracely, le entiendo perfectamente. ¿Dime Francisco, y Pedro no ha regresado? No señora Aracely, él está en la casa vieja. No seas estúpido, yo sé muy bien donde él está, y con quien él paso la noche. (Aracely se acercó a la puerta y miro a ambos lados del pasillo, y regreso donde Francisco). Quiero que mates a Pedro y a Marlina, y que todo parezca que los dos se suicidaron. Mátalos con el Revolver de Pedro. Anda. Vete a Bahía Chica, que tienes mucho trabajo aquí en la Hacienda, y vas a ganar mucho dinero. Si patrona Aracely, enseguida me voy para Bahía chica. Yo a usted le debo mucho y estoy dispuesto hacer todo lo que usted me ordene, ya puede dar por muerto a Don Pedro. (Acompañado por otro hombre Francisco se disponía a partir hacia Bahía Chica, de pronto el hombre sujeta a Francisco por el brazo y con la otra mano señala hacia el cielo). Mira Francisco aquella nube negra, todos los días se pone más grande y pronto va a tapar el cielo, es mejor que regresemos esta misma noche. Mira indio bruto deja de estar diciendo presagios, que esos son cosas de mujeres. Vamos para Bahía Chica, y mañana regresamos, pero esta noche la vamos a disfrutar por qué mañana tenemos que hacer un trabajito que la patrona Aracely nos encomendó encarecidamente, y a la patrona no podemos fallarle. Así que tu maneja el Jeep, y yo la camioneta. Vamos y deja a Dios, y al Cielo tranquilos que bastantes problemas tenemos aquí en la Tierra con tus supersticiones. (Francisco partió hacia Bahía Chica sin saber que la señorita Flor Fontana lo estaba esperando). ¿Por qué no te sientas? Pareces una Gata encerrada caminando de un lado al otro. (Así le hablaba Raquel, a Flor Fontana). ¿Y si no viene la camioneta? Entonces te quedas a dormir otra noche..

Más, te guste o no te guste. Para ti es fácil decirlo por qué estas acostumbrada a vivir en este pueblo mugroso. Mira Flor déjate de hablar mal de Bahía Chica, tú naciste y te criaste aquí. No vengas a decirme que ahora se te olvido cuando éramos niñas, porqué yo me acuerdo muy bien que Domingo y Ismael, Sauri, tú y yo nos íbamos los cinco a jugar abajo del viejo puente que está en la Alameda. Sauri y tú siempre eran las novias de Domingo, y yo tenía que conformarme en ser la novia de Ismael. Mira Raquel deja ya estas escenas de sufrida y mártir, por qué ya eso no te luce, por qué estás muy grandecita. Yo estuve casi cinco años lejos de Bahía Chica él estaba solo has tenido suficiente tiempo para conquistarlo y ganarte su Amor, y no lo hiciste. Sabes por qué, por qué tú siempre has sido una conformista y al hombre que es como un Gavilán hay que pelearlo, hay que sabérselo ganar por qué es muy macho, y tú no tuviste coraje para ganártelo y ahora que eres una mujer completa tampoco lo tienes. Quieres tomar mi consejo. Si quieres ser feliz acepta que Domingo no va a ser tuyo nunca en esta vida. Si no lo haces vas a sufrir mucho, y por favor no me hables más nada de Domingo. ¡Esto nada más faltaba! Cualquiera diría que Domingo es el único hombre que hay para las mujeres de Bahía Chica, quien sabe a lo mejor Domingo se cree un Gavilán. ¿Y tú Flor que crees que es él? Mira Raquel, a los Gavilanes también se les da caza, pero tú Raquel tienes muy mala puntería. ¡¡Olvídalo que no va a ser tuyo!! Mira Raquel ya viene la camioneta, y dentro de dos horas Domingo estará en mis brazos, y yo estaré en sus garras, y tú aquí tienes que conformarte con tu maridito. (Muy enojada Raquel se pasó del otro lado del mostrador, un cliente entro y le pidió un trago). Toma la botella, y sírvetelo tú si te da la ganas. (La camioneta y el Jeep arrimaron cerca de la cantina, los dos hombres entraron sin percatarse de la presencia de Flor Fontana). Juan sírvenos un par de tragos que tenemos mucha sed. Tome la botella y sírvaselo usted mismo, por qué Juan no está aquí, y Raquel está muy enojada. (Francisco tomo la botella y le dio las gracia al hombre que se la brindaba. Francisco antes de servirse el trago noto el silencio en la cantina, y miro a su alrededor hasta que sus ojos tropezaron con los de Flor). ¡Señorita Flor, usted aquí! Si Francisco. Ayer te fuiste para la Hacienda, y me dejaste aquí. Así que apúrense y tómense ese trago que quiero llegar temprano a casa. Suban mi equipaje. Si señorita Flor, enseguida nos vamos para la Hacienda. Buen día señorita Flor. Buen día tenga usted Juan, y muchas gracias por su hospitalidad. Como ya usted puede ver ya Francisco está aquí con la camioneta, y nos vamos enseguida tenga usted este dinero, es por lo incurrido. Muchas gracias señorita Flor, pero usted me ha dado mucho dinero. No hay problema Juan, yo le diré a papá lo bien que usted se ha portado conmigo. Gracia señorita es un favor que usted me hace, y mi casa siempre estará a sus órdenes. Vámonos Francisco que quiero darme un baño, y acostarme a dormir. Usted perdone señorita Flor, pero la señora Aracely desea que le lleve dos o tres muchachas para la Hacienda. Olvídalo Francisco. Otro día será, yo quiero viajar cómoda. Ustedes dos adelante, y yo sola en el asiento de atrás, no quiero a nadie conmigo. Muy bien señorita Flor, como usted ordene. ¿Y Raquel donde esta? No tenga usted pendiente Juan, Raquel me dijo que le dolía mucho la cabeza y se acostó un rato.

Que sinvergüenza esta eso lo hace para no atender la cantina, esta mujer si es una floja. Raquel levántate, te digo que te levantes. (El Jeep tomo camino hacia la Hacienda llevando a Flor que se reía viendo a Juan muy enojado con Raquel). Buen día Domingo. Hola Sauri. ¿Quién te dijo que yo estaba aquí en el gallinero? Domingo en esta Hacienda se sabe todo. Te digo hasta las paredes tiemblan cuando hay placer en los aposentos. ¿A qué viene eso, es acaso una indirecta? Querido Domingo anoche toda la servidumbre vio como Carmín entro en tu alcoba, y el joven Ramiro entro en la habitación de la señora Aracely, y tío Florencio con la alegre viuda. Por favor Sauri no te pongas así. Me pongo como yo quiero, por qué tú eres mío y no me gusta compartirte con ninguna otra mujer. No sé por qué te enojas si al fin de cuentas Carmín, y yo no hicimos nada, porque Ismael estaba ahí con nosotros. No me toques Gavilán, es mentiras lo que me estás diciendo, por qué Ismael se pasó toda la noche y parte de la madrugada caminando por los pasillos con su perra Lupina, y poniendo el oído en las puertas. Sauri tú has inventado todo esto por qué Ismael no tiene noción para escuchar una conversación, y mucho menos para espiar en esa forma. Domingo te digo que es verdad yo lo vi, y lo hiso en mi habitación, y Yajaira me acaba de decir que Ismael le empujo la puerta de su habitación temprano en la mañana antes que fueran las cinco. Sauri no sé qué decirte a lo mejor a Ismael le quiere funcionar el cerebro. Domingo yo diera todo lo que tengo por qué Ismael recupere su memoria. El padre Fermín dice que Ismael es un testigo ocular èl tuvo que haber visto quienes fueron los criminales. (Suavemente Domingo abraza a Sauri, y le dice). Amorcito hablemos de otra cosa más romántica. Gavilán tú eres malo, ves como caigo en tus garras sin darme cuenta. Déjame no me beses tanto que alguien puede entrar en el gallinero, y pueden vernos. (De un solo empujòn Domingo tiro a Sauri sobre el pienso, y siguió besándola y de un solo jalón le abrió la blusa dejando al descubierto sus dulces, y tentadores senos. Se volvieron abrazar y desde ese momento el Gavilán se hiso dueño del gallinero. Mientras que la señora Aracely entraba en el comedor). ¿Es que no hay nadie que sirva el desayuno en esta casa? María hace más de una hora que le pedí el desayuno a Yajaira. Si señora ella me lo dijo, pero es que estoy ocupada preparando la olla, por qué voy hacer un caldo de gallina. ¿María dónde está esa Yajaira? La mande al gallinero, quiero que me traiga una gallina, y varios huevos. ¿Y Sauri donde esta? Horitita mismo no lo sé. Yo sé muy bien que tú sabes donde esta esa India estúpida, pero no importa que la ocultes en todo lo que ella hace por qué un día de estos las voy a correr a las dos de la casa, y se van a morir de hambre por qué nadie les van a dar trabajo. Ahora vete a la cocina y prepárame el desayuno que tengo hambre. Si señora como usted mande. (María se metió rápidamente en la cocina murmurando algo de la señora Aracely, al entrar se topó con las miradas de Yajaira, Sauri y Domingo). ¿Y ustedes que hacen aquí? Me los encontré en el gallinero, y escuchamos todo lo que dijo la señora Aracely. (Le contesto Yajaira). Ustedes son jóvenes por eso tienen que cuidarse de esa víbora, es una mujer mala, sin sentimientos para nadie. Un día de estos le voy a pedir a Casimiro que me traiga un poquito de "Dos Pasitos" y se lo voy a echar en la comida. Por favor María, usted no piense en eso.

Si joven Domingo, su tía ya me está cayendo gorda y a ella se le está olvidando que yo soy la cocinera de la casa, la única persona que no debe echarse de enemiga. Primera vez que te veo tan enojada con la señora Aracely. Eso es vedad Sauri, pero siempre hay una primera vez para todo. Es mejor que hablemos bajito por qué nos puede oír. Miren ahora se sentó la señorita Carmín. Pues yo me voy acercar un poco más, quiero oír que es lo que hablan. Ten cuidado Sauri, mira que la señora Aracely hoy se ha levantado con el diablo en el cuerpo. (Sin hacerle caso a María, Sauri se fue acercando poco a poco a la pared que separa el comedor y la cocina de los pasillos, y se puso a escuchar lo que hablaban Carmín, y la señora Aracely). Me dijeron que te hicieron una visita anoche. Si tía. A mí también me dijeron que usted tubo muy ocupada toda la noche, y parte de la madrugada. Mira Carmín tenemos que cuidarnos un poco más, por qué tenemos una familia muy chismosa, y la servidumbre ni se diga siempre están pendiente de todo. Buen día. Tío Pedro, buen día tenga usted. Yajaira, Yajaira. (Yajaira salió rápidamente de la cocina al escuchar los gritos de Don Pedro). Prepárame el baño con agua tibia, que quiero bañarme rápido. Voy estar en mi habitación. (Don Pedro no miro a la señora Aracely, subió a su aposento dejando a las dos mujeres mirándose una a la otra). Te digo Carmín que el problema que tiene tú tío Pedro es que cuando está en la cama conmigo no puede hacer nada, pero cuando se acuesta con esa India gorda se pasa toda la noche teniendo sexo con ella. Hay momentos que pienso que le han hecho Brujería, por qué conmigo es impotente, pero con esa India gorda no. Bótala de la

Hacienda. Para qué, si no voy a lograr nada. si la despido él es capaz de volverme mi vida un infierno y entonces no podré hacer todas las cosas que a mí me gusta. Además el pobre ese es su único entretenimiento. ¿Por qué tú no has corrido a Sauri de la Hacienda? Ya tú ves eso si quisiera hacerlo, pero cuando se lo menciono a tu tío él muy estúpido se vuelve un demonio, y se niega totalmente y me grita que no me meta en la vida de Sauri. Él muy desgraciado la protege demasiado. Pero tía a lo mejor está enamorado de Sauri, y por eso la protege de ti. Si Carmín eso he pensado muchas veces. María, María que pasa con el desayuno. Aquí lo tiene señora. ¿Y usted señorita va a comer lo mismo? Sí, pero a mí me traes un jugo de naranja. Enseguida regreso con su desayuno. (María volvió entrar en la cocina y al pasar por el lado de Sauri le dice). Es mejor que te metas en la cocina. No. Todavía no por qué lo que están hablando me interesa mucho. Te dejo, pero es mejor que no te metas en problemas con la señora Aracely. Por favor María que no te entiendo. No hace mucho querías envenenar a la señora Aracely, ahora te molesta que yo quiera escuchar su conversación con Carmín. Regresa a tú cocina, por qué yo no voy a matar a nadie. Solamente quiero oír lo que las Brujas hablan de mí. (Un poco disgustada María entro en la cocina, y la conversación entre las dos mujeres prosiguió). ¿Es verdad Carmín que tú sabes hacer Brujería? Dime tía que Gitana no es Bruja, por qué hasta tú sabes hacer tus cositas. Por aquí se dice que todo el que vive en la selva hace Brujería de la buena, y que ves el resultado rápido. ¡Yo quiero echarle un Brujo a Sauri! Así que después que regresemos del paseo a Caballo, quiero que me consultes.

Yo pensé que tú querías hacerle Brujería al Gavilán. No. No es necesario. Yo sé que tengo treinta y pico de años, pero mi cuerpo se siente joven, y aguanta mucho más que un Gavilán. Por eso quiero ser libre para poder comerme el hombre que a mí me dé la ganas, y así disfrutar la vida a mi manera. Sabes Carmín que tú y yo nos comprendemos muy bien. Si tía somos tal, para cual. (La animada conversación continuaba mientras que Sauri después de haberlo oído todo regresaba a la cocina). ¿Y Domingo donde esta? No sé. Cuando yo entre en la cocina ya Domingo se había ido. ¡¡Malditas, malditas!! ¿Pero qué te pasa hijita? Esas víboras pretenden hacerme una Brujería, desgraciadas que son. Sauri no tengas pendiente por qué si ellas creen que van a lograrlo están muy equivocadas, por qué horitita mando un muchacho a Bahía Chica, y que le diga a Casimiro que venga a la Hacienda y ya veremos quién es más Bruja, si ellas o nosotras. Voy a llevarle este plato de comida a la niña Carmín. (La negra María busco dentro de un gabinete y saco un frasco que contiene un polvo color Amarillo y lo rego encima de la comida de la señorita Carmín, y muy sonriente le dice a Sauri). Lo que es hoy esta Gitanilla no va a poder pasear, ni tampoco Brujear. Lo que es hoy va estar muy ocupada en el sanitario. ¿Y por qué no se lo diste Aracely? No te preocupes tanto Sauri, a la señora ya le llegara su hora. (María fue al comedor y puso el plato de comida frente a Carmín, y se retiró rápidamente). ¿Sauri por favor para donde tú vas? María no temas nada. Solamente me voy a sentar con ellas. Por favor me llevas Café y Pan. Buen día tengan las dos. Déjate de cortesía y dime dónde has estado toda la mañana. Estuve paseando con Domingo, mientras ustedes dormían la mañana. Lo que eres tú ya no atiendes a Pedro, tampoco supervisas a la servidumbre. El señor Pedro me dijo que Yajaira se ocuparía de la servidumbre, y que yo estuviera tranquila en la casa. También el señor Pedro me dijo que usted tiene la obligación de atenderlo. Ya me he dado cuenta que te has puesto muy rebelde conmigo, pero esos humos se te van a bajar muy pronto cuando Pedro no este para defenderte. (Sauri ya se había sentado, y la señora Aracely ya se había puesto de pie). Vámonos Carmín busquemos al Gavilán, por qué si este es el día que está India no ha podido darle caza, entonces hay mucha probabilidades que nosotras tengamos mejor suerte que ella. No se te olvide Carmín que tú y yo si somos Gitanas, y Sauri es una India protegida por Pedro, pero yo estoy segura que ningún miembro Barón de nuestra familia va a poner sus ojos en una India a menos que la use como entretenimiento, y yo estoy segura que el Capitán Domingo eso es lo que hace con todas las Indias que se cruzan en su camino. (Sin poner atención, a las palabras dichas por la señora Aracely, Sauri cambia su mirada hacia Carmín y le pregunta). ¿Y tú Carmín, no vas a desayunar? No Sauri, ya se me quito el hambre. Señora, señora Aracely. ¿Qué demonios quieres Yajaira? Señora acaba de llegar Francisco, y con él la señorita Flor. ¿Dijiste Flor? Si señora Aracely, Flor Fontana la hija de Don Pedro. (Una sonrisa de triunfo quedo gravada en la cara de la señora Aracely, que con mucha satisfacción exclama). ¡¡Por fin llego la dueña del Gavilán!! (Sauri se levantó de la silla como una Leona herida, y sin decir más nada se fue para la cocina. Al instante hiso presencia Flor

Fontana en el comedor). Buen día tengan todos. Flor, querida que sorpresa nos ha dado.

Tú padre se va a poner muy feliz cuando te vea, y yo personalmente estoy muy contenta por qué al fin regresaste a la Hacienda. Gracias Aracely, muchas gracias yo sé que tú me quieres mucho, igual que yo a ti. ¿Pero dónde está mi papá? Horitita se está bañando. Hola Flor. Carmín. Prima, pero que cambio has dado estas hecha toda una mujer. Naturalmente prima por lo general todos cresemos. ¿Y tía Carmen como sigue de salud? Mamá como siempre con sus achaques de vieja. No me preguntas por mi hermano Ramiro. Bueno ya que lo mencionaste, donde esta él. Tiene que estar durmiendo nos acostamos muy tarde anoche. En Bahía Chica me dijeron que toda la familia Fontana viene para la Hacienda. Así es querida Flor, todos los Fontana nos vamos a reunir aquí en la Hacienda. (La señora Aracely miraba a Flor desde la cabeza hasta los pies, y sin poder aguantarse un minuto más le pregunta). ¿Querida y tú a que has venido, si allá lo tienes todo? He venido a ver a mi papá por qué quiero terminar mis estudios en Madrid. ¿Y tu papá ya lo sabe? No, pero él siempre me ha complacido, para eso soy su hija querida. Pues no lo parece que así sea, y perdóname que te lleve la contraria, pero tu padre le da mejor trato, y cuidado a Sauri que a ti, y eso que tú eres su hija querida. Ahora que tu estas aquí veremos a cuál de las dos tú papá quiere más. ¿Y dónde está Sauri? De seguro esta en las Caballerizas mirando a su querido Palomo. ¿Y Domingo dónde está? Querida ya te lo puedes imaginar, donde este Sauri, Domingo está. ¡Maldita agregada! Sera por muy poco tiempo, se lo aseguro. Con su permiso señora Aracely.

¿Y ahora qué quieres Francisco? Solamente quiero saber si se le ofrece alguna otra cosa. No, por ahora todo está bien puedes retirarte a desayunar. Francisco espera un momento, tenga usted mi desayuno, me lo preparo María así que cómaselo usted. Muchas gracias señorita Carmín. ¿Y ustedes piensan salir? (Tan pronto salió Francisco del comedor, la pregunta de Flor las tomo de sorpresa). No, hoy no vamos a salir, pero mañana sí. Todas daremos un paseo a Caballo, es una buena oportunidad para ti así conoces la Hacienda por qué con la vida Capitalina que te has dado se te ha olvidado hasta donde naciste. Querida es mejor que duermas, y descanses un poco por qué tevés muy fatigada del viaje. Sí, yo creo que es mejor que me acueste un rato. Yajaira ven aquí. ¿Me llamaba usted señora Aracely? Sí. ¿Dime por qué estás tan mojada? Es que al señor Don Pedro no se le quita la costumbre de estar agarrando a una. Quiero que te pongas un vestido seco es muy importante que no te enfermes en estos días de visitas, rápido ve y ábrele la habitación de la señorita Flor. Como usted mande señora Aracely, sígame usted señorita Flor. (Flor Fontana se levantó su vestido largo, y siguió a Yajaira.? ¿Es verdad que tú la odias? (La pregunta de Carmín no tomo de sorpresa a Aracely que mostrando una falsa sonrisa le contesta). La odio solamente cuando se mete en mi vida privada, pero el día que ella sea un estorbo también se tiene que ir de aquí, y tú me vas ayudar. Depende tía, pero si hay dinero por el medio y que sea mucho. Así que mira a ver por qué no quiero que me hagas promesas falsas. Carmín te prometo que llegado el momento tendrás todo el dinero que pidas. Ahora voy a descansar la mente un poquito si me necesitas yo estaré en mi habitación, pues no me queda otro remedio que luchar con tú tío Pedro.

(Las dos mujeres se dirigieron a sus habitaciones y María saliendo de la cocina se acercó a la mesa seguida por Sauri, y mirando el único plato que quedo en la mesa empezó a protestar). ¡Condenada Gitana, no se comió la comida! De seguro que tiene un muerto que la protege. ¿Qué tú crees que hiso con el plato? No lo sé María, pero yo me voy para mi habitación tengo que arreglarme un poco no quiero que Flor me vea así como estoy. (Sauri mostraba en su rostro una larga tristeza mientras regresaba a su habitación cuando escucho una voz muy conocida atrás de ella). Señorita Sauri. ¿Ismael que quieres ahora? Hiii, hehe yo,, yo.. Habla por favor que tengo algo que hacer, si se te olvido después me lo dices, quieres. (Sauri abrió la puerta y entro en su habitación, pero alcanzo a oír algunas palabras de Ismael). La señora mato a Crisol.. y Hii hhi..hí. (Tales palabras hicieron que Sauri se devolviera, y agarrando a Ismael por los brazos empezó a gritarle con mucha desesperación). ¿Dime Ismael quien es la señora que mato a Crisol? Sauri, Sauri. ¿Por qué gritas así? (Le preguntaba la señora Aracely, que se acercaba a pasos rápidos). Nada más faltaba esto que te has vuelto loca igual que tu amigo Ismael. Mira Ismael dile a tu amiga Sauri, lo que ella quiere saber. ¡Contesta loco! (Yajaira, María, y Don Pedro se acercaron para ver por qué Sauri, y la señora Aracely le gritaban al pobre Ismael que no contestaba a sus gritos). Ismael por favor dime quien es la señora. Hiii... tú ves Lupina ya se me olvido, ya se me olvido. (Con la respiración un poco cortada la señora Aracely le dice a Sauri). El muy estúpido no recuerda nada, y sabes por

qué, porque está loco igual que tú, así que déjalo tranquilo
no vaya a ser que esta perra te muerda. Sauri le harías un
favor a la familia Fontana si te largas de la Hacienda, y
tú loco, ya te puedes ir con tu amo Domingo, y déjate
de estar caminando en la noche por los pasillos de la casa
por qué das miedo, pareces un muerto en vida. Yajaira
lleva a Ismael a su habitación. Yo señora tengo miedo.
Cobarde eres valiente para algunas cosas, pero para otras
no. (Yajaira tomo a Ismael por el brazo izquierdo, lo guio
hacia su habitación bajo la mirada inquietante de la perra
Lupina, mientras que Don Pedro se acercó a Sauri.) Sería
conveniente que durmieras un rato, te veo muy nerviosa.
(Sauri obedeció a Don Pedro y entro en su habitación,
y se tiró en la cama a llorar mientras que Don Pedro se
dirigió hacia el segundo piso de la casa). ¿Dónde tú vas
Pedro? Me parece que esta es mi casa y puedo ir donde se
me antoje. Si vas a ver a tú hija Flor te advierto que está
muy enojada contigo por la preferencia que tú tienes por
Sauri. Te creo que este enojada. Es más estoy seguro que
está enojada conmigo. Solamente Dios sabe que veneno
ha salido de tu boca. Hipócrita, cuantas mentiras le dijiste.
Te conozco muy bien Aracely, mucho más que la palma
de mi mano. No Pedro, todavía tu a mí no me conoces,
pero si vas a ver de lo que soy capaz de hacer. (Muy
enojada con Don Pedro, la señora Aracely se dirigió a los
establos, allí se encontró a su cuñado Florencio que muy
sonriente la esperaba en el portón, y la señora Aracely sin
sorprenderse le dice). Mira Florencio no estoy de buen
humor para conversar contigo, así que déjame tranquila
por qué yo quiero vivir mi vida sin ataduras. Óyeme
Aracely quieres hacerle un favor a la familia Fontana,

lárgate de la hacienda. Ya puedo darme cuenta de que estabas escuchando todo lo que hablamos en el pasillo.

Florencio oye lo que te digo, para que a mí me quiten la Hacienda primero tienen que matarme, y no hay un Fontana que tenga valor para hacerlo. Quítate del medio o me pongo a gritar. (Florencio le cedió el paso, y le dice). Un día de estos los gritos no te van a servir de nada. (La señora Aracely se detuvo y parándose bien erguida se puso las manos en las caderas, y mirando a Florencio muy furiosa le grita en voz alta). Mientras yo tenga este cuerpo siempre hay un macho dispuesto hacer lo que yo quiera, o yo le pida. Así que fíjate Florencio yo puedo pedir y ofrecer lo que tú no tienes, ni puedes dar. (Muy enfurecido Florencio le sujeto un brazo, a la misma vez que trataba de apretarle la garganta. La señora Aracely ya no podía gritar, cuando unos brazos sujetaron a Florencio, y una voz suave le decía). Ya déjala papá, por favor. (Suavemente Florencio soltó a la señora Aracely de sus manos haciendo que callera al suelo). ¡Salvaje, tú si eres un salvaje! (Los criados del establo se acercaron a Aracely con intenciones de ayudarla, pero la señora muy enojada les pregunta desde el suelo). ¿Carlo donde esta Francisco? Señora Francisco se fue para la casa por qué se siente muy enfermo del estomagó. Estúpido, lo más probable que este borracho. (El Capitán Domingo le dio su mano a la señora Aracely para ayudarla a levantarse, ella se sujetó a los hombros del Capitán Domingo, y se pegó a su cuerpo el tiempo suficiente para que el Capitán sintiera su calor femenino, pero ese momento le duro muy poco). ¿Domingo que tú haces en los brazos de Aracely? Flor...tu aquí en la Hacienda. (Muy sorprendido por la presencia de Flor Fontana, el Capitán Domingo soltó a la señora Aracely haciendo que cayera en el suelo por segunda vez, pero Aracely levantándose rápidamente le da una bofetada a Domingo). Eres un salvaje igual que tu padre. (Protestando la señora camino hacia la casa en el preciso momento que el joven Ramiro llegaba para averiguar lo acontecido). Mira Ramiro, aquí tienes a tu hermosa Flor al lado de su Gavilán. ¿Verdad que sientes celos? Me alegro, es bueno que sufras un poquito igual que yo. ¡Maldito Domingo, juro que te voy a matar! Muy pronto te va a llegar tú hora. (Una sonrisa diabólica cruzo por el rostro de Aracely a la vez que empujaba a Ramiro para adentro de la casa. Florencio y los demás presentes se retiraron dejando solos a Flor, y al Capitán Domingo). Apenas acabo de llegar y te encuentro abrazando a la esposa de mi padre, y no solamente esto, y todo lo que me han dicho de ti, y la recogida de Sauri. ¿Dónde quedo todo lo que me juraste, o es que se te olvido que me juraste amarme hasta la muerte? Si te callaras la boca y me dieras una oportunidad de hablar. Domingo no me mandes a callarme, no me da la gana. Y si la cosa es que tú andas con Sauri, pues no te sorprendas verme con otro hombre. Óyeme Flor si tú llegaras hacerme eso nunca te lo perdono, soy capaz de matarte. Suéltame Domingo, no me agarres por qué me lastimas. Ya puedo darme cuenta que tú debilidad son las mujeres Indias pues quiero que sepas mi madre era una mujer blanca, y si por casualidad se te ha olvidado qué mi papá, y tu padre son Gitanos. Si tú te comportas como un Indio es por Crisol, una India que trabajaba para mi tío Florencio. Por favor Flor, deja a mi madre tranquila. Tonto,... eres como los niños. No sé por qué la gente te llama Gavilán, si eres manso como un palomo, por eso te voy a cortar las alas para que no vueles tan lejos de mí.

Porque tú eres mío, nada más que mío. Flor yo sabía que algún día tu regresarías a mis brazos. (Se besaron largamente como queriendo recuperar la larga separación. Mientras desde la ventana de la cocina María miraba hacia el establo, y se hablaba solita, y se contestaba). Todos los hombres son igualitos, cuándo se las dan las toman. Y este Gavilán es igual que todos ellos tendrá algo de Indio, pero no deja de ser un Gitano mujeriego pobre de mí Sauri cuando se entere, pero a este Gavilán yo le puedo arreglar el estomagó en la forma que no pueda alzar el vuelo. ¿María está usted hablando sola? (Le pregunto una jovencita ayudante). Y a usted que le importa si hablo sola, lo que tiene que hacer es terminar de pelar esas papas, que son para la cena, muchacha chismosa. María no se enoje, es que cuando uno habla solo los muertos lo oyen todo, y se acercan, y se acercan a uno para hacernos compañía. ¿Y quién te dijo a ti todo eso? Me lo dijo mi Abuelito que en paz descanse. Pues entonces tú Abuelito es un muerto que le gusta el chisme igual que a ti. Echa María, a todas las mujeres nos gusta el chisme. ¿Dígame a que mujer no le gustaría conocer un secreto? Por lo menos secretos de enamorados, o algo del pasado de un hombre o de una mujer muy conocida, o de una amiga. Mira Yanyi, saca del buche todo eso que me quieres decir antes que me enoje contigo, y con todos tus muertos. Pues mire que no le voy a decir nada por qué a usted no le gustan los chismes, tampoco le gustan los secretos de mujer. Aquí tienes las papas, bien peladas y limpias. (Yanyi se levantó de la silla y se acercó a la puerta que da al patio, y moviendo las caderas como lo hacen las Gitanas, le grita a María). Oye tú para que sepas, Sauri es la mismita hija de Don Pedro. (Yanyi sin dar más explicaciones se levantó la falda y se fue corriendo). Condenada Gitanilla, ven aquí que te voy a enseñar que es mala educación escuchar conversaciones ajenas detrás de las puertas. (La juventud de Yanyi fue más rápida que los años de la negra María, pero María regreso a la cocina respirando fuerte y mirando hacia el cielo). ¿Qué tanto miras hacia arriba? ¡Ay ay Sauri, no me asuste así! ¿Hija mía, y tú cómo te sientes? Me siento bien, pero dime que tanto mirabas para el cielo. Ves esa parte para donde está el Mar, hacia aquel lado toda esa parte del cielo se está oscureciendo. No te preocupes que a lo mejor está lloviendo para ese lado. ¿Y Domingo no lo has visto por aquí? Sauri hija, olvida a ese hombre por tu bien, él es un Fontana, él es un mujeriego empedernido. No sè por dónde se fueron los dos. ¿Dijiste los dos? Sí. Domingo y la señorita Flor estaban abajo de aquel Canelo(Árbol de la Canela) besándose. (Sauri se arrimó al marco de la puerta, mientras dos lagrimas corrían por sus mejillas). es mejor que yo te lo diga antes que lo sepas por otras bocas. No sé por qué Diosito la ha cogido conmigo. Primero no sé si soy India o blanca, matan a mi madre, y quedo como una recogida. Ahora me enamoro de un hombre y ese hombre no me quiere, y voy a tener un hijo de él. ¿Sauri que es lo que tú has dicho? Echa doña, tiene usted los oídos tapado, que va a parir un niño del Capitán Domingo, más claro no lo puede decir. (Recostada en el marco de la ventana Yanyi había escuchado toda la conversación, y repetía las mismas palabras de Sauri). Ven aquí Yanyi. Condenada

Gitana, ven aquí te estoy diciendo. (A los gritos de María, Yanyi entro en la cocina y ya frente a María).

Escucha bien lo que te digo. Si tu llegas a decir que Sauri espera un niño de Domingo, yo misma te mato con mis propias manos. Echa, que la virgen me proteja de tus manos. Es la niña Sauri la que lo ha dicho todo, yo solo tengo oídos para escuchar. Y también tienes lengua para ser chismosa. Óyeme Gitanilla, yo soy capaz de todo, así que aguanta tú lengua. Por favor María deja tranquila a Yanyi, ella no tiene ninguna culpa toda es mi culpa por ser tan sentimental, y quizás de buen corazón. Echa niña Sauri, usted no sufra más que a lo mejor ese Capitán vuelve a sus brazos, entonces va a ser tú venganza. Tienes mucha razón Yanyi, con Domingo me voy a vengar de todas ellas por todo lo que me han hecho sufrir. Vamos a tu casa Yanyi, por qué quiero que me leas las cartas. Claro que si mi niña Sauri, vamos a ver quién te quiere bien, y quien te hace tanto mal. (Al pronunciar las últimas palabras Yanyi miro a María con recelo poniéndola muy nerviosa, pero María al ver que Sauri se llevaba a la joven Gitana le grita a las dos muchachas). Regresen temprano para que me ayuden a servir la cena, y tú Gitana de los muertos ten mucho cuidado en lo que le metes en la cabeza a Sauri. No tengas pendiente mi Sangre, que esta Gitana aprendió mucho de su Abuelo, y mi Abuelo siempre decía la verdad. Ten mucho cuidado Gitana, por qué la verdad siempre saca sangre y a lo mejor es por eso que tu Abuelo ya está muerto. (Dándole la espalda a las muchachas María volvió a mirar hacia el cielo y se dijo). Condenado Domingo, tenía que preñarla. Cuando mi Aracely se entere se va a formar tremendo problema, y lo más probable es que Domingo no se acuerda de ninguna de las dos. (Los pensamientos de María estaban bien claros, por qué los labios de Domingo acariciaban el redondo, y blanco cuello de Flor, haciendo que echara gemidos de placer al sentirse acariciada por su Gavilán). Suéltame salvaje, que ya es hora que regrese a la casa. No amorcito, todavía no. Domingo no te portes como un niño, que ya tendremos más tiempo además mañana daremos un paseo a caballo y de seguro que iremos a Bahía Chica. Quiero llegarme hasta el Viejo Puente y recordar cuando éramos chicos y jugábamos a la casita, y quiero correr por la Alameda, ese lugar me trae dulces recuerdos de mi niñez. A mí también me trae dulces recuerdos, por eso y otras cosas más yo no quiero irme de Bahía Chica. ¿Te acuerdas Domingo cuando jugábamos a los novios? Dulces momentos fueron aquellos tiempos. ¿Domingo por qué te has quedado callado, o es que ya te acordaste de Sauri? Contéstame, por lo menos habla di algo. Pero Flor no te das cuenta que no somos los niños de antes, ahora sentimos más y aprendemos a odiar más rápido, y la costumbre ya se impone por qué mientras más aprendemos de la vida, le exigimos que nos dé más.. por qué casi nunca estamos conforme con lo que tenemos. Yo si te quiero Flor, pero en tus labios ya no siento aquellos besos tiernos, y dulces que nos dábamos antes de tu irte para la Capital. ¿Dime Domingo, y ahora como tu sientes mis labios cuando yo te beso? Yo estoy segura que beso diferente que Sauri. Tú problema Flor es que tú me besas con el mismo grado de intensidad que en vez de darme gusto emocional, lo único que me produce es placer carnal. ¿Flor dónde están los besos sabrosos que me dabas antes y que conquistaron mi Alma, Flor por qué me besas así sin Amor como si fuese una costumbre?

¡Domingo tú estás loco! Lo más probable que la recogida fue a ver al Indio Brujo de Bahía Chica, y por eso te comportas así conmigo, pero te advierto que yo beso mejor que todas las Indias recogidas de esta comarca, así que mañana se lo preguntas a tu primo Ramiro a lo mejor él sí sabe apreciar mis labios mucho mejor que tú. No has cambiado mucho Flor, eres siempre la misma siempre queriendo dar órdenes, pero es que no te das cuenta que ya somos adultos. Está bien Domingo, no estoy dispuesta aguantarte tus reclamos estúpidos yo no soy una boba, sé muy bien que estabas pensando en Sauri, será mejor para ella que se olvide de ti por qué tu eres mío cada vez que yo quiera así fue cuando éramos niños, y seguirá siendo igual ahora que somos adultos. Y te advierto que si sigues insistiendo tus amoríos con Sauri le voy a pedir a mi papá que la corra de la Hacienda, y si él no lo hace siempre hay otros medios más factible para lograrlo. Flor te conozco muy bien tu solamente estas tratando de meterme miedo, pero tú no eres capaz de hacerle daño a Sauri, ni a ninguna otra persona. Que poco me conoces Domingo. Cuando yo tengo un hombre que considero mío,... ese hombre no puede dejarme por otro gusto yo lo echo de mi lado cuando me canse de él, así que mira tú, eres un Gavilán que tienes suerte conmigo. No me pierdas Domingo, por qué te vas arrepentir toda tu vida. Mas te vale ponerte alerta de esa Brujería que te han dado por que no estoy dispuesta a soportar tus encantos de mujeriego empedernido, y mucho menos aceptar a esa India recogida que se cree que es familia de los Fontana. (Flor corrió hacia la casa dejando a Domingo solo y mirándola alejarse. De pronto Flor paro de correr y mirando hacia Domingo le grita). Si es verdad que eres un salvaje, pero eres mío. Te equivocas Flor,…yo no soy tuyo ni de nadie, soy libre como el viento que va a todas partes, y también soy como mi Barco que se amaña en cualquier puerto. (Flor no pudo oír las últimas palabras de Domingo, por qué se encontraba muy lejos casi entrando en la casa). Señorita Flor su papá se encuentra en el jardín y la está esperando. Gracias Yajaira, horitita voy a verlo. Flor hija,…cuanto tiempo sin verte ya eres toda una mujer. Papi, mí querido papito. Pero déjame verte mejor mira todo lo que has crecido. Y tienes el cabello largo así era tu madre que en paz descanse. Ya está bueno papi que te voy a creer todo lo que me dices, y me puedo volver orgullosa. Así me gusta que hables hija debes de sentirte orgullosa de tu nombre, y de tu familia. Papi quiero pedirte algo. ¿Habla que es lo que quieres de mí? Quiero terminar mis estudios en España. Bueno. España está bastante lejos de Bahía Chica, pero si tú lo deseas te doy el permiso y el dinero que necesites. Un millón de gracias papi, ahora voy a bañarme. Pues apúrate que casi es hora de cenar. (Flor se retiró, y Don Pedro se sentó cómodamente cuando escucho una voz que salía de atrás de las Rosas, y los Jazmines). Es toda una mujer, y es hermosa se parece mucho a su padre. Carmen que haces escondida, ven y siéntate aquí por favor. Es que no quiero que ella me vea hasta la hora de la cena. Carmen tienes que hablar con ella ya de una vez, ella tiene derecho a saberlo. Todavía no hermano. Cuando se reparta la herencia y yo le dé la parte que le corresponde para que pueda irse a España, pero yo creo que va a ser un golpe muy duro para ella cuando lo sepa. Carmen quizás no, por qué estos cuatro años de ausencia la han madurado mucho. Buenas tarde cuñada.

(La llegada de Aracely hiso que la señora Carmen y Don Pedro mantuvieran silencio). Ustedes perdonen si estaban conversando algo muy importante y yo los he interrumpidos. No cuñada, no es nada que usted no sepa, quédese aquí con nosotros. Es que estamos hablando de Flor. Usted dirá de su hija Flor. Sí. Eso es,…de mi hija Flor, y le doy las gracias por haber guardado mi secreto. No le parece Carmen que ya es hora que usted nos pague por ese favor que su hermano y yo le hemos hecho. Y la mejor forma de pagarnos por su gran pecado, es que usted renuncie a la parte que le corresponde en la herencia de los Fontana. ¡Aracely por favor! Pedro tú te callas la boca, por qué ya me tienes harta con tanta bondades para tu familia. Ya es hora que ellos reconozcan que tú eres el Patriarca de los Fontana, y que las cosas tienen que ser como tú y yo queremos. Escúchame bien Aracely, jamás renunciare a lo que mis padres me dejaron por qué cuando joven yo trabaje muy duro en la Hacienda de Sol, a Sol. Doña Carmen, esos fueron tiempos pasados, los de ahora es lo que cuenta. Y tu Pedro mira a ver si consigues más empleados, por qué no quiero que tu familia me ensucien mi casa. Señora, señora. ¿Qué quieres Yajaira? No me gusta que me interrumpa cuando yo estoy conversando. Perdone usted señora Aracely, pero acaba de llegar un señor con dos soldados, y dice el señor de negro que quiere hablar con los señores de la casa. ¿As dicho un señor con dos soldados? Si Don Pedro, es un hombre vestido de color negro y dice llamarse "El Señor Corregidor". Yajaira hazlo pasar a la sala. Ya están en la sala Don Pedro. Eso está bien ve y ofréceles lo que quieran beber que dentro de diez minutos Aracely y yo iremos a la sala. Ya que esperas. Si señor enseguida voy. No te pongas nervioso amorcito, por qué nosotros no tenemos nada que ocultar. ¿A usted le parece Aracely? Querida cuñada Aracely, yo diría que muchas cosas tienen que ocultar. Carmen nadie le ha pedido su opinión. Pero yo le doy mi opinión gratis por que usted Aracely también debe de pagarme por qué le he guardado su más querido secreto. Carmen no se meta conmigo, porque soy capaz de todo. Si ya lo sé qué serias capaz de matarme, con tal de lograr tus ambiciones. ¡Basta ya por favor! Carmen retírate a tu habitación, y tú Aracely vamos a ver al tal Corregidor. (Aracely y Don Pedro entraron en la casa, y pasaron por el comedor y se fueron directo a la sala). Buenas tardes tengan todos. (Saludaron los dos a la misma vez, pero el hombre vestido de negro se encontraba mirando los cuadros que estaban en la pared). Perdonen, pero perdonen me he entretenido un poco es que soy un fanático de las obras de arte, y ustedes tienen hermosas pinturas en la sala. Aracely lo miro muy detenidamente y noto toda la juventud del hombre, y también su fuerza física). Muchas gracias, casi todas son pinturas viejas. (Le contesto Don Pedro). Pero que torpe he sido, permítame presentarme. Mi nombre es Leonardo Ballesteros Borges, y soy "El Señor Corregidor" de esta comarca, Juez Judicial, y Juez de Paz. Es usted un hombre muy joven para tantos títulos de importancia, y responsabilidad. Es un honor señora, que usted me hace. Aracely Urueta de Fontana para servirle. (Con mucha reverencia el joven Corregidor se inclinó y beso la mano derecha de Aracely). El señor es mi esposo. Soy Don Pedro Fontana, pero dígame en que podemos servirle señor Corregidor. Estoy buscando al señor Florencio Fontana.

Que imagino es su hermano, o pariente. Si, él es mi hermano. El señor Florencio me escribió y en su carta solicita mi presencia aquí en la Hacienda, referente a la herencia de la familia Fontana. Señor Corregidor nosotros somos Gitanos y yo obtento el medallón de la familia Fontana, por lo tanto la herencia se repartirá cuando yo decida,...y por ahora no será así. Señor Fontana con todo el respeto que usted se merece, pero en el sistema judicial de nuestro país la Religión, y el Estado quedan separados por lo tanto su tesis no tiene validez en los tribunales. Y por el poder judicial que sustento y ejerzo, he decidido que si la mayoría de los interesados es superior en sí, se repartirá la herencia. Si no es así,...la última decisión también será mía. Y puedo asegurarle que las Cortes judiciales y civiles, me respaldan como Corregidor del Gobierno. Así que le sugiero que consulte con su Abogado personal, o familiar. ¿ Ahora si no le molesta podría hablar con el señor Florencio Fontana? Si, enseguida. Yajaira avísale a Florencio que el señor Corregidor se encuentra aquí en la Hacienda, y que quiere hablar con él. Como usted ordene Don Pedro. Señor Corregidor perdone usted la rudeza de mi esposo, pero esta ha sido una situación muy delicada que confronta la familia. Naturalmente señora Fontana, yo estoy seguro que esta situación quedara arreglada para buen provecho de ambas partes interesadas. Por favor señora permítame presentarle al Sargento Pérez, y al Razo Ortega, ellos son mi escolta personal. Con su permiso Don Pedro. Dime

Yajaira. El señor Florencio está muy ocupado...ahora. Entonces señor Fontana dígale a su hermano que venga verme a Bahía Chica, estaré hospedado en el Hotel. (Una leve sonrisa se reflejó en la cara de Aracely). Perdone usted que me ría, pero en Bahía Chica no hay Hotel. Entonces me hospedare en alguna pensión. No sea usted modesto señor Corregidor, en ese maldito pueblo no hay vida. Usted y su escolta se quedan aquí en la Hacienda hasta que todo en nuestra familia quede resuelto. ¿Estás de acuerdo conmigo Amorcito? Naturalmente que si pueden quedarse aquí mi casa es el mejor, y único lugar seguro por esta zona. Bueno si no hay otra alternativa acepto, y mucha gracias por su ofrecimiento. Bueno ya que se van a quedar aquí con nosotros les prohíbo que me llamen señora, esa palabra me hace sentir muy vieja. No... no me tocaste. Si te toque Sauri. (Sauri, y Yanyi entraron en la sala jugando sin percatarse de los visitantes). Perdonen ustedes, pero Yanyi y yo no sabíamos que tienen visitas. No se preocupe señorita con una belleza como usted que hombre puede resistirse y no perdonarla. Gracia es usted muy galante, estoy segura que usted no es de esta comarca. No señorita, yo no soy de estas tierras, pero sin embargo estoy seguro que su belleza es única en estos campos. ¡Echa niña, si el chico es poeta, y soñador! Yanyi ve para la cocina. Si señora Aracely. (Con una hermosa sonrisa Yanyi obedeció, mientras el joven Corregidor seguía hablando con Sauri). Pero usted no tiene porte de Gitana. La señorita es hija adoptada de mi esposo. Dijo Aracely sin poder ocultar el disgusto de ver a Sauri al lado del joven Corregidor). Soy hija de una India, mi padre nunca lo conocí, pero si usted se queda en la Hacienda, tendremos más tiempo para hablar de usted, y de mí. Señorita eso será un honor que usted me concede. Mi nombre es Sauri, ahora con su permiso me retiro. Leonardo Ballesteros Borges, a sus pies señorita Sauri.

(Tan pronto se retiró Sauri, Aracely ya de por si molesta le ordena a Yajaira). Lleva al señor Corregidor y a su escolta a sus respectivas habitaciones, y asegúrate que no les falte nada. (agarrando el maletín negro el joven Corregidor se despidió de los Fontana). Señor Leonardo siéntase libre en pedir lo que desea, dentro de dos horas serviremos la cena, ahora Amorcito vamos a nuestra habitación un rato. (Tan pronto los Fontana se retiraron a su Habitación, Yajaira le dice a los invitados). Por favor vengan conmigo que les voy a enseñar sus habitaciones. Este es su aposento señor, esta parte de la casa es reservada para visitantes así como usted. Muchas gracias señorita Yajaira. La habitación que le sigue es la de ustedes dos. Por la camioneta y los Caballos, no se preocupen el capataz de la Hacienda se hace cargo de ellos. (Muy intrigado el Sargento Pérez le pregunta a Yajaira). ¿Este aposento tiene una cama o dos? Sargento este aposento tiene dos camas, no creo que ustedes dos puedan dormir en una cama por qué usted Sargento está muy gordo, parece que come demasiado. Miren si se bañan por que no huelen muy bien, además pronto van a servir la cena. ¡Oiga India que yo no estoy tan gordo! No, usted no lo cree… a lo mejor hace tiempo que no se mira en un espejo. (Sonriendo Yajaira se retiró hacia la cocina dejando al Sargento muy preocupado). ¿Dígame Razo, se me nota mucho la barriga? No mi Sargento, a lo mejor esa India se enamoró de usted, pero no se preocupe después que cenemos se pone una buena faja y usted va a ver que todo queda en su lugar. Razo préstame aquel jaboncito que la Francesa le regalo. Tenga usted mucho cuidado mi Sargento que en Puerto Nuevo nos advirtieron que las Indias de por aquí tienen los ojos Embrujados, o usted me va a decir que no se dio cuenta como ella lo miraba y el tono de voz, y la forma de mandar. Cayese Razo. Vamos a bañarnos antes que el señor Corregidor se enoje. (Mientras los visitantes se bañaban María seguía en su cocina dando órdenes, y preguntando lo que no le han dicho). ¿Y ahora que les sucede a ustedes dos que están en silencio? Nada mujer,… lo que pasa que el hombre de negro que estaba en la sala se enamoró de la niña Sauri, y ahora la niña me dice que el hombre tiene los ojos muy lindo, y yo digo que tiene una de esas sonrisas que amarra a las mujeres. Yanyi espera que yo vea a tú padre tu estas muy niña para pensar en hombres. ¿Y tú Sauri quien es ese hombre de negro? Ese hombre es con quien yo siempre he querido hablar, él es el señor Corregidor de esta comarca. Niña mía ten mucho cuidado lo que le vas a decir a ese hombre. he oído decir a otras gentes que con el hombre de negro no se puede decir yo creo, con él tienes que presentarles pruebas. Yo lo se María, no te asuste por que el día que yo acuse a alguien ha de ser como tú dices con pruebas. ¿Dime Sauri, ya está Gitana te dijo que Don Pedro es tu papá? Si y no me sorprende en nada, ya yo me lo imaginaba. Tampoco es que tenga pruebas, pero si Don Pedro es mi papá no me lo ha dicho a estas alturas es por qué no le interesa serlo o no quiere, y si me ha recogido en su casa es por qué está ocultando algo que yo no sé o será por cargo de conciencia, no es por qué me quiera como una hija, entonces no hay motivo, ni razón para que yo lo quiera a él. Así como él me recogió otro pudo haberlo hecho. Pero Sauri no hay otro, él fue quien te recogió.

Yo nunca le diré nada a menos que él venga donde mí y me diga yo soy tu padre. Calla niña Sauri, que alguien esta atrás de la puerta escuchando. (Yanyi corrió hacia la puerta la abrió y miro el corto pasillo alcanzando ver solamente la sombre de la persona). ¿Yanyi quien era? No lo sé niña Sauri, pero es una mujer por que pude ver su sombra. Niña Sauri no me gusta nada todo esto, en esta casa hay mucho misterio. Mira Yanyi el único misterio que hay aquí eres tú, así que es mejor que te pongas hacer la ensalada de papas, vamos ponte a trabajar. Ya voy doña María, pero usted niña Sauri no se le olvide que mi papá le dijo que el espíritu de su difunta madre está en la casa vieja, y también el espíritu de la otra mujer. Cállate Yanyi, no hables de esas cosas por qué me pones la carne de gallina, y por las noches no puedo dormir por qué tengo miedo ver a toda mi familia que ya se murieron hace tiempo, especialmente un tío que estaba enamorado de mí. Yo he oído decir que esos son los muertos más peligrosos que hay por qué ellos se creen que todavía están vivos y por las noches vienen acostarse con sus víctimas, y yo siendo usted doña María me hacia una limpia con Albaca, y Apazote. Ves Yanyi lo que lograste. Ya me siento nerviosa. Por favor ponte a trabajar. Si doña María, ya Yanyi está trabajando. ¿María falta mucho para servir la Cena? (Entro Aracely preguntando y mirando por todos lados). ¿Qué te sucede, te noto un poco nerviosa? Es que Yanyi se puso a contar historias de los espíritus. Yanyi así que a ti te gusta hablar de los muertos. ¿Y quién te enseño todas esas cosas? Mis padres, y mi Abuelo que en paz descanse. Si...ya se me olvidaba que la tribu de tu padre viene de Sevilla, o de esos lugares de España. Si doña Aracely y a argullo lo tenemos. Déjate de tantas vivas que no estás en tu tierra, y óyeme bien lo que te digo. Quiero que Mañana me traigas algunas de tus primas a trabajar en la casa. Le dices a tu papá que le voy a pagar muy bien, y que es para trabajar, no para enamorarse de los muchachos de la Hacienda. Si doña;... como usted ordene. ¿Y tú Sauri, que tú haces en la cocina? Nada que a usted le interese. Últimamente estas muy altiva conmigo por qué Pedro te protege, cuando se reparta la herencia de los Fontana ya veremos quien te va proteger, ese día India me daré gusto de echarte de mí Hacienda. Usted sueña con un imposible o usted no quiere darse cuenta que el viejo Fontana dejo cinco hijos, y un testamento. ¡Mentiras tuyas! (Sin darse cuenta Aracely ya le gritaba a Sauri). ¿Haber dime donde esta ese testamento Si cree que se lo voy a decir,...ha será mejor que se lo pregunte a mi tío Florencio. As dicho tío Florencio y tú nunca lo has llamado así. Pues te diré que él me pidió que lo llamara tío. ¿Verdad que a ti no te molesta que lo llame tío? Por mi parte lo puedes llamar como te dé la gana total tú no eres nadie en esta Hacienda, y Florencio pronto va a ser un vago más que va a emborracharse en la cantina de Juan recordando una India, que solamente Dios sabe cuántos hombres la tuvieron antes que él. Usted Aracely se cree de pura sangre. India estúpida, como te atreves a poner en duda mi raza. ¿O es que no puedes, o no quieres ver el Color Blanco de mi piel? Por favor Sauri, no insulte a la señora Aracely. tú no te metas negra estúpida, que yo le voy a enseñar a Sauri quien manda aquí. Ahora tú me vas a decir quien más ha dicho, o puesto en duda que yo no soy Blanca. Aracely no voy a mencionar nombres, y yo no soy la única que lo comenta ...

En la Hacienda. Te odio maldita;... te juro Sauri que me voy a cobrar una a una todas tus ofensas hasta que te vea de rodilla pidiéndome perdón, y aunque el cielo se me ponga negro yo no te voy a perdonar. Y a ustedes partía de inútiles, si los oigo decir que yo no soy Blanca de piel los mando a matar, pero primero que les corten la lengua. Y tu María mucho que se habla en la cocina, y poco que trabajan. (Tirando la puerta para un lado y muy enojada, Aracely salió de la cocina gritando, y maldiciendo). Condenado Francisco, cuando más lo necesito se tiene que enfermar. ¿Se dieron cuenta que enojada se puso Aracely cuando yo puse en duda su raza? Sauri por favor deja las cosas así como están. María lo que es a ti no hay quien te entienda. Hay momentos que tu estas de mi lado, y otras veces no. Qué te pasa, es que no entiendes que la única forma de quedarme yo tranquila es cuando castiguen a los que mataron a Crisol, y a Aquarina. (Muy enojada, y a la vez triste Sauri salió de la cocina). Yanyi por todo lo que hemos conversado me puedo dar cuenta que tú sabes muchas cosas más que todas las que me imagino. Doña María esas son ideas que usted se hace, pero Yanyi no sabe nada más. ¿Dime Yanyi, a quien tu oíste decir que Sauri es hija de Don Pedro? Eso hace mucho tiempo que paso y Yanyi ya no se acuerda. ¿Por última vez Gitana, a quien tú se lo oíste decir? (La Gitana se levantó de la silla, miro atrás de la puerta y el pasillo, y regreso al mismo lugar y mirando fijamente a los ojos de María le dice). Hace como dos meses usted doña María y Don Pedro, lo estaban discutiendo aquí mismo en la cocina, y yo estaba atrás de la puerta escondida. Mentirosa Gitana, te voy a enseñar a no decir mentiras. (María camino en forma amenazante hacia Yanyi, y Yanyi con el cuchillo en la mano le grita). No se atreva a tocarme por qué si lo hace se lo digo a mi papá, y te lo juro por la Virgen, que tú ni el Brujo de tu marido no van a ver la luz del Sol otra vez, pues mi gente te van a sacar tus ojos en vida. (Conociendo la amenaza Gitana, hiso que María se tranquilizara un poco y opto por preguntarle en otra forma más pasiva). ¿Y que más tu oíste en esa conversación? Por ahora esta Gitana no habla más, así que no siga insistiendo y déjeme tranquila. (Conociendo la fama de los Gitanos, Hasta la misma María quedo en silencio mirando a Yanyi. Mientras que Aracely tocaba en la puerta de la alcoba de Carmín.) ¡Ha, eres tú! Naturalmente que soy yo. ¿O es que esperabas otra persona, o quizás al Gavilán? No querida tía, no esperaba a otra persona. Ya puedo darme cuentas que estas de mal genio trata de calmarte por qué en esa forma no puedo consultarte. Así que entra y siéntate tranquila. (Carmín ya se encontraba vestida de Gitana. Un vestido ancho, y de colores llamativos, argollas de Oro puro colgando de sus Orejas, y pulseras de Oro adornadas con Esmeraldas en ambos brazos. Un pañuelo color Gris en la cabeza, y en el centro de la habitación una pequeña mesa con un mantel color Blanco, una Copa llena de agua y las Barajas Españolas(cartas)también había una Vela Blanca. Carmín tomo en sus manos varios pañuelos de diferentes colores, y empezó a sacudir los pañuelos como si estuviera despojando el ambiente de la habitación y quisiera más claridad). Por favor mujer termina de sentarte en la silla. (Aracely obedeció y se sentó, Carmín hiso lo mismo sentándose al frente de ella. Carmín tomo las cartas y las barajeo, y le dijo a Aracely que las dividiera en tres partes,…

Prendió la vela con un fósforo (cerillo) de palo largo, e hiso una corta oración y puso al descubierto una de las cartas, y mirando Aracely le dice). mujer tú tienes la maldición de tus padres en tu cabeza. ¡Malditos sean ellos! Donde quiera que voy para que me consulten siempre me dicen lo mismo. Pero Aracely tú le hiciste algo muy malo para que ellos te maldijeran Muy poca cosa les hice para yo merecer la maldición Gitana que me echaron los muy desgraciados, siempre tuvieron preferencia por mi hermana menor. Yo me acuerdo muy bien de todo en esa semana llego a Bahía Chica un joven Alemán, yo me enamore de él;…y el día que papá nos tenía que entregar en matrimonio, papá le dijo al joven Alemán que yo no era para él que cogiera a mi hermana. El joven Alemán se llevó a mi hermana para Europa, y yo tuve que quedarme con tu tío Pedro. ¿Aracely que otra cosa sucedió? Un día antes de irse mi hermana, ella y yo discutimos bien fuerte, yo le di varias bofetadas y estuve a punto de cortarle la cara con un cuchillo. Mis padres se enojaron tanto que me echaron la maldición Gitana…tendrás muchos hombres a tu lado, pero nunca serás feliz con tú marido. (Carmín puso al descubierto otra carta). Hay sangre humana en tus manos, tú mataste a alguien. Naturalmente que si mate. (Aracely se quedó un momento pensativa antes de seguir hablando). Hace mucho tiempo yo estaba con tu tío Pedro en la casa vieja, los dos estábamos discutiendo y él me dejo sola en la casa vieja, tan pronto él se fue un Indio entro en la casa y me quiso violar. Al principio yo me resistí, pero lo sentí tan macho y decidido, era mucho más hombre que tu tío Pedro, pues yo me entregue por completa al Indio. El muy sinvergüenza después quiso robarme, y matarme, pero yo traía conmigo el revolver de tu tío y lo mate. Heeyyy,…aaaay. ¿Carmín que te pasa, que es lo que está sucediendo? (En un segundo la mesa empezó a moverse y la Vela juntos con las Barajas y la Copa de agua,… todo cayó al piso. Ya Aracely se había puesto de pie, y Carmín sentía como la agarraban por los brazos, y le grita Aracely). Por favor tía quédate tranquila y no hables que hay un espíritu en la habitación, y es un espíritu que yo no conozco. (Carmín volvió a sentir como la empujaban contra la pared, y Aracely le grita). ¿Quién diablo es,… que es lo que quiere? Es el espíritu de una India, y llora, y repite que todo es mentira. Oooh Dios mío, pero tiene un lado de la cara llena de sangre. (Aracely sin esperar oír nada más corrió hacia la puerta la abrió y salió, y corriendo por el pasillo como una loca llego a su habitación y entro rápidamente asustando a Don Pedro que se abotonaba la camisa). ¿Qué te sucede mujer,…cualquiera diría que has visto al diablo? Ella ha vuelto a la Hacienda. ¿Quién, pero dime quien ha vuelto? El espíritu de aquella India maldita que se metió en nuestro camino. Mira Aracely es mejor que te tranquilice. Fíjate que tenemos invitados en la Hacienda, y nos están esperando para cenar así que báñate rápido, y vístete. (Aracely todavía un poco asustada se metió en el baño, mientras que Carmín seguía recostada a la pared ya no oía aquel llanto, ni veía la cara ensangrentada de la India. Sintió que la habitación estaba más clara, y el ambiente más liviano. Recogió todos los pañuelos de Colores, y empezó a sacudir todo lo que encontraba en su paso a la vez que rezaba "El Padre Nuestro". Ya el señor Corregidor y su escolta privada se encontraban en la sala,…….

Y Yajaira los atendía sirviéndoles su bebida favorita, y en ese momento hacia su entrada en la sala Don Florencio, y la distinguida viuda con sus dos hijas. Muy buenas tarde tengan todos. Permítame presentarme, mi nombre es Florencio Fontana. Mucho gusto en conocerlo señor Fontana, yo soy el Corregidor, Leonardo Ballesteros a sus órdenes, aquí el Sargento Pérez, y el Razo Ortega. Permítame usted, Jacinta Canela viuda de Olyvares y sus hermosas hijas Josefa y Clementina. (El joven Corregidor beso las manos de las muchachas a la vez que le decía a la viuda).Señora Olyvares a sus pies, es un honor conocer a tan hermosas damas. Ya puedes ver Florencio, que una se da cuenta enseguida cuando el hombre no es de esta comarca. Señor Leonardo, su educación transpira por su ropa. Y usted es muy modesta y educada. Oh… ni tanto, y no siga hablando así por qué se lo voy a creer. Niñas, lleven a los militares afuera para que conozcan el jardín. Si mami,…enseguida. Sargento. Mande usted señor Corregidor. Usted y el Razo escolten a las señoritas a dar un paseo por los jardines de la casa. Si señor como usted ordene. (Con un taconeo de sus Polainas el Sargento, y el Razo le ofrecieron el brazo a las Hermanas y estas rápidamente los agarraron con mucha alegría. ¡Qué hermosas parejas hacen, yo hubiera querido casarme con un militar! Jacinta te diré que el señor Leonardo es el

Corregidor de esta comarca. Usted tan joven y con ese cargo tan alto. Querida Jacinta el señor Corregidor y yo tenemos mucho de qué hablar. Por favor Don Florencio dejemos los negocios para mañana temprano, le prometo que a las nueve me levanto y estaré a sus órdenes, además hoy no podemos hacer mucho por qué tengo entendido que faltan algunos miembros de la familia. Si usted tiene razón, lo dejaremos para mañana. ¿Señor con su permiso, donde está el Sargento Pérez que me pidió un vaso de agua? Yajaira los militares están con mis niñas dando un paseo por el jardín, lléveselo allá por favor y no los moleste. Como usted diga señora Jacinta. (La familia Fontana se hiso presente en la sala, solamente faltaba Sauri). Apúrate niña que te ves muy bien. ¿Yanyi con este vestido se me nota la barriga? No niña como se te va a notar si apenas tienes seis semana de embarazo. Yo estoy segura que tú le gustaste a ese joven vestido de negro, y tú vas a ver que celoso se va a poner el joven Domingo. Yanyi ya no me importa si él se pone celoso. Él está contento con su Flor, aunque dicen que él se acuesta con todas. Por favor niña Sauri usted no valla a decir eso delante de María, por qué entonces la doña va decir que yo soy una chismosa. Está bien Yanyi no diré nada. Mira Yanyi no quiero entrar por la cocina mejor doy la vuelta por el jardín así nadie me ve. (Sauri dejo a Yanyi en la habitación y empezó a caminar por el jardín dándole la vuelta alrededor de la casa. En un segundo se dio cuenta que Yajaira estaba escondida entre los Rosales, y que estaba escuchando la conversación muy animada que el Sargento Pérez y Josefina sostenían. Entonces vio como Yajaira levantaba el vaso de agua y le grita). Yajaira. Yajaira no te atrevas hacerlo, mira que el

Sargento es un invitado de los Fontana. ¿Niña Sauri tú por aquí, y cómo estás? Muy bien Josefina. ¿Y qué haces con ese vaso de agua? Esta agua pues...yo. Yo se la traje al Sargento Pérez. (Le contesto Yajaira aguantando un poco la respiración). Aquí el Sargento me pidió que le trajera un vaso de Agua,...

Pero resulta que el cielo se está nublando y va a caer mucha agua en el jardín. (Yajaira muy enojada se retiró del jardín con su vaso de agua). Es mejor que regresemos a la casa, su mamá ha de estar muy preocupada. Sargento permítame el otro brazo. (Le dijo Sauri agarrándole el brazo izquierdo). Razo Ortega ya vamos para la casa. Señoritas es un gran honor para mí ser escoltado por dos hermosas Rosas, vamos y no me dejen solo por qué me pierdo. (El Sargento entro en la sala escoltado por Josefina y Sauri, haciendo que todos los presentes los miraran). Sargento es usted un militar con mucha suerte. Muchas gracias caballero. Yo soy Domingo Fontana, un miembro más de esta familia. Sargento Pérez no le haga caso a Domingo, el pobre esta celoso por su uniforme de militar. (Domingo estiro su mano hacia Sauri, pero Sauri en forma irónica se alejó de él, y se acercó al joven Corregidor que conversaba con Don Pedro). Buenas tardes señor Corregidor. Señorita...muy obligado. Perdonen que los interrumpa, pero quiero secuestrarlo por unos minutos. Con su permiso Don Pedro. Si hombre adelante, creo que hemos sido muy egoísta con usted, es natural que usted quiera estar entre la juventud. Venga conmigo señor Corregidor, vamos a pasear por el jardín. (El joven Corregidor con las mejillas un poco Rosadas le ofreció el brazo a Sauri esta lo tomo y miro a Domingo, y coquetamente le brinda una dulce sonrisa al joven Corregidor, y con mucha alegría la viuda exclama). ¡Que linda pareja hacen! Ven Florencio bríndame otra Copa de Vino. (Mientras que Domingo se sentía un poco incomodó y trataba de mantener su compostura, su primo Ramiro compartía amablemente con Flor).

Ya sabemos que tu primo Domingo está muy interesado por tu hermana Sauri. Mira Ramiro hace años que tú y yo no nos vemos las caras, y este el saludo que tú me das. Perdóname Flor, pero desde que llegaste has tenido ojos para Domingo, que yo sepa por mí no has preguntado. Si pregunte por ti;… y quiero que te enteres de una vez por todas que Sauri no es mi hermana. Sauri es una recogida de mi papá y no he tenido tiempo de hablar con ella, pero tan pronto lo haga la pondré en su lugar. Flor es mejor para todos que nos olvidemos de todo esto y nos casemos, así la fortuna, y la familia Fontana se mantendrán más unida. No Ramiro… muchas gracias, pero yo no estoy preparada para el matrimonio. Y hazme un favor habla bajito que nos están mirando. Ya sé que me desprecias por Domingo, y que vives pendiente de ese bastardo. Míralo allá va a conversar con mi hermana, por qué a todas las mujeres de Bahía Chica las enamora. ¿Y tú no, o es que tú no te has acostado con Aracely? Mira Ramiro será mejor para tu salud que no hables mucho, mira que la servidumbre te pueden oír y después lo dicen todo. Además tú lo que tienes envidia de Domingo. Yo envidia de ese estúpido jamás, nunca le tendré envidia. Si la tienes por qué Domingo tiene un Don de hombre que gusta mucho a nosotras las mujeres, y Ramiro ese Don tu no lo tienes. ¿Y que puede tener ese Indio que yo no tengo? Él tiene esa pasión salvaje que a ti te hace falta, y que a nosotras nos gusta mucho en un hombre. Él es dominante en el Amor...Insaciable en la cama, en él no hay no, en él todo es sí. ¡Estás loca Flor! Ese indio te tiene loca. No Ramiro, no estoy loca. Espera un momento y te lo voy a demostrar. (Sin disimular en nada Flor llamo Aracely). Aracely ven aquí que quiero hacerte una pregunta frente a Ramiro. Espera Flor que hay que servir la cena.

Está bien... dime que pregunta es, pero rápido. ¿Qué tipo de hombre es Domingo? Flor que pregunta es esa, si tú eres la dueña de Domingo y no lo sabes, pero yo sé que Sauri te lo puede decir mejor que yo ya que ella ha dicho en toda la comarca que Domingo es un Gavilán, que Domingo no le da descanso a las mujeres que caen en sus garras, y que las devora hasta el fin. (Y Aracely mirando fijamente a Ramiro le da dos golpecitos en el pecho, y le dice). En Bahía Chica ese tipo de hombres ya no los hay, Domingo es una excepción él es todo un macho. (Sin esperar contesta Aracely los dejo y se fue para la cocina). Maldito Domingo la próxima oportunidad que tenga lo mato. Te lo juro Flor, que él se va a morir. Ya él y yo tuvimos una pelea en la cantina y yo lo corte. ¿Y por qué pelearon? Por ti Flor, fue por ti. Ssuuuch...baja la voz. Que emocionante dos hombres peleando por mí y yo sin enterarme. Que débil y estúpidos son ustedes los hombres. (Flor le paso la mano a Ramiro por la recién afeitada barba a la vez que le hablaba bajito). Querido Ramiro tú serás mío cuando yo quiera, y lo mismo Domingo, y ninguno de los dos podrá evitarlo. Ahora con tu permiso, pero tengo que hablar con mi papito. (Flor se fue directo hacia Don Pedro dejando al pobre Ramiro en silencio y pensativo. Mientras que Domingo se acercaba más, y más a su prima Carmín). No me arrincones por favor por qué Flor nos está mirando. Tranquilízate Carmín que nosotros no estamos haciendo nada malo. ¿Me averiguaste lo que te dije? Si ella mato una persona, pero me dijo que fue en defensa propia, y que mato a un Indio que trato de robarle después de haber tenido sexo con él. Todo esto sucedió en la Casa Vieja. Gracias Carmín, esta noche pasare por tu habitación. No. Mejor no vengas esta noche prefiero estar sola. No sé qué te pasa, antes querías mi compañía ahora parece que tienes miedo de algo, o de alguien. Carmín tú sabes algo más y no quieres decírmelo. Domingo no se más nada, y quiero que me dejes tranquila entiéndelo por favor. (Carmín se alejó de Domingo y fue a sentarse al lado de sus padres. Domingo de un solo trago se tomó el Aguardiente, y se dijo entre dientes). Carmín sabe algo muy importante, y hare todo lo posible para que me lo diga. ¿En qué piensas Domingo? Si nadie te quiere yo si te quiero. Es que no te conformas con mi tío Pedro. No te pongas malcriado conmigo, por qué yo no tengo la culpa de que Sauri se ha enamorado del Corregidor. Así es querida tía, aquí en la Hacienda cualquier cosa que suceda no es tú culpa. Mira Domingo lo que es hoy no se te puede hablar, ustedes los hombres todos son igualitos, se enojan cuando no pueden controlar a una mujer. (Muy enojada Aracely dejo solo a Domingo, y se acercó a Don Pedro). Perdonen si los interrumpo, pero necesitó hablar con Pedro. Hermano enseguida vuelvo, no me demoro. Ven Aracely vamos hablar en mi oficina. Pero tío Florencio venga usted que yo tengo mucho que contarle de la Capital. (Florencio, la viuda, y Flor se sentaron todos juntos al lado de la señora Carmen a oír las aventuras de Flor en la Capital, mientras que Aracely y Pedro entraron en la oficina). ¿Dime que es lo que quieres ahora? Pedro no me hables en ese tono;…estoy preocupada por Sauri. No me gusta ese interés que tiene por el señor Corregidor. No temas nada mujer, que a lo mejor le gusta el hombre. ¡No seas imbécil Pedro! Tú sabes muy bien que el macho de Sauri es Domingo, y no creo que lo cambie por otro ámenos que tenga un motivo de interés.

Tú sabes muy bien que este Corregidor no es el mismo,… aquel era viejo estúpido. Sí, pero no acabo de entender que es lo que te preocupa. Mira ya han pasado diez y más años, en fin ya ni me acuerdo cuantos años ya pasaron de lo sucedido, y aquellos muchachos ya son unas mujeres, y hombres haciendo preguntas estúpidas. ¿Es que acaso tienes miedo? No. Yo no le tengo miedo a nadie. Será mejor que guardemos silencio, oigo pasos cerca de la puerta. Pues abre y mira a ver quién es. (Pedro abrió la puerta y miro con mucho cuidado). No temas nada Aracely, es Ismael con su perra Lupina. ¡¡¡Condenado loco se ha convertido en un fantasma!!! Ese loco camina todos los pasillos. Y te digo Pedro, ese condenado en horas de la madrugadas empuja las puertas, y si la habitación está vacía él entra y la registra. ¿Por qué no se murió aquel día? Aracely mejor vamos a cenar por qué ya tengo hambre, y tú estás muy nerviosa. Yo no estoy nerviosa…yo ló que quiero saber que Sauri está conversando con el señor Corregidor. ¿Qué le parece el jardín señor Leonardo? El jardín está muy bonito, y las flores combinan con su belleza. Estoy segura que para usted no hay mujer fea. Para mi cada mujer tiene su propio encanto que la separa de la una a la otra, pero no todos los hombres podemos darnos cuenta del encanto de una mujer ya que eso es mitad material, y mitad espiritual es como una virtud separada en cada mujer. Por ejemplo el que cuida este jardín es un jardinero muy sufrido odia tanto al mundo que lo rodea que con sus propias manos a hecho de este jardín un paraíso, para que personas como usted olviden el pasado, y su espíritu se deleite con el olor aromático que dan las flores. Ahora resulta que usted es juez, y poeta. Señorita Sauri no hay que ser las dos cosas para darse cuenta que usted quiere algo de mí, o desea qué yo le haga un favor. ¿Dígame que es lo que usted quiere? Quiero que usted me ayude averiguar quién mato a mi madre. Señorita para eso soy la ley en esta comarca. ¿Primero dígame cuando sucedió el crimen? Hace cerca de trece años que mataron a mi mamá, y a su amiga. ¿Pero señorita Sauri, es que acaso no se le informo al entonces Corregidor de esta comarca que hubo tal crimen? Si...si y él dijo que habían sido bandoleros, y que huyeron hacia la selva, sin embargo yo no le creo, y desde entonces tengo mis dudas, pero yo necesito de alguien que aclare este crimen por qué me parece que el criminal esta entre la familia Fontana, y todos ellos protegen a la persona que lo hiso. (Sauri respiro profundamente, y siguió hablando). vamos a sentarnos en este banco que yo le voy a decir todo lo que yo sè, y también algunos pormenores del crimen, y quienes pueden ser los sospechosos. Todo sucedió que mi madre tenía como Amante a Don Pedro Fontana, y este por qué ella era India nos tenía viviendo en la casa vieja de la Hacienda. Ese día había empezado la recogida de la

Canela, y menos los patrones casi todos estábamos entre los Canelos(árbol)recogiendo la cascara de la Canela, y….. (Sauri le hiso saber al señor Corregidor todos los por menores referente a la muerte de su mamá y Crisol, y también parte de todo lo transcurrido en su vida). Usted tiene que ayudarme señor Leonardo. Déjeme pensarlo por qué no es un caso fácil de resolver y a nadie se puede condenar con meras suposiciones hacen falta más pruebas, y algún testigo, aunque sea uno solo que esté dispuesto a declarar yo lo vi, o yo estaba allí cuando ocurrió el crimen.

Mire señor Leonardo, quiero hacerle una proposición. ¿Qué clase de proposición quiere hacerme? Si usted resuelve el caso y condenan a la persona que mato a Crisol y a mi madre, yo me caso con usted. Yo seré de usted para siempre. Es mejor que no digas más nada por qué tú no sabes lo que acabas de proponerme. Señor Leonardo yo sé qué hace unas horas que nos conocemos, pero estoy dispuesta aprender a quererte. Ya puedo darme cuenta que para lograr tus propósitos estas dispuesta a sacrificarte. Escucha lo que te voy a decir. Yo soy un tipo de hombre que tú nunca has conocido es verdad que tú eres una mujer impresionante, y que cualquier hombre daría todo por poder acariciarte, y ser tú dueño. Tu eres hermosa como un Girasol;…y así como son los Girasoles que alumbran, si el hombre equivocado te posee se te pueden caer los pétalos, por qué los Girasoles del jardín solamente pueden tener un solo dueño y el dichoso tiene que estar bien claro en la vida, y no puede estar en la oscuridad por qué el Girasol todo lo alumbra, Sauri así es usted como el Girasol de este jardín que solamente Aman a un solo dueño. Señorita Sauri si usted no tiene dueño quiero ganarme su Amor, si ya lo tiene me conformo en ser solamente su amigo. Con su permiso señorita Sauri. ¿Por favor Yajaira, y ahora que quieres? La señora Aracely desea que el señor entre en la casa por qué ya la familia se van a sentar a cenar. Si diles que ya vamos. Esperen un momento. ¿Ustedes oyen ese ruido que proviene de esos arbustos? Si Leonardo lo más probable que hay alguien escondido. Espera Sauri yo voy a ver quién es. (El joven Corregidor saco de su chaqueta un pequeño revolver y registro los arbustos, regresando enseguida al lado de las muchachas). no hay ninguna persona, solamente hay un perro escarbando en la tierra. ¡La perra! Con su permiso, pero yo me voy. ¿Qué le sucede a la señorita Yajaira? Lo que tu viste es la perra de Ismael, y Yajaira dice que el enfermo de Ismael trato de meterse en su habitación. Sauri es mejor que regresemos a la casa y yo te prometo ayudarte a cambio de nada. Mira ya empezó a llover. (Los dos corrieron hacia la casa, mientras Aracely llamaba a Yajaira en un tono desesperado). Dígame señora Aracely. quiero que mandes a uno de los muchachos a buscar a Francisco. Pero señora el pobre se fue para su Choza muy enfermo del estomagó. ¡No me importa! Dile que venga ya,…que quiero hablar con él, y más te vale no llevarme la contraria por qué soy capaz de todo. Si señora Aracely como usted ordene. Y de una vez por todas dile a María y a Yanyi que pongan la Cena en la mesa. (Yajaira un poco cansada por las labores del día obedeció las ordenes de Aracely, y se encamino hacia la cocina, pero en el pasillo la esperaba Don Pedro). ¿Señor que hace usted solo aquí? Te estoy esperando. ¿Dime que te dijo Aracely? la señora quiere ver a Francisco esta noche. Yajaira toma este dinero y se lo das a tu hermana Marlina, y le dices que digo yo que salga de la casa vieja, y que se meta en la selva por qué Aracely quiere matarla. Apúrate por qué Marlina tiene que irse rápido de la casa vieja. Sí señor, yo le aviso rápido. (Todos comían tranquilamente saboreando la deliciosa Cena preparada por María. Domingo se sentó al lado derecho de Sauri, en una punta de la mesa se sentó Don Pedro a su lado derecho Aracely, en la otra punta de la mesa se sentó Don Florencio, y a su lado derecho Jacinta y sus hijas Josefina, y Clementina,.......

Y seguidos por los escoltas Pérez, y Ortega,...y la familia Cabeza, Luis, Carmen, Ramiro y Carmín se sentaron al lado izquierdo de Don Florencio. El señor Corregidor se sentó en el centro frente a Sauri, y Flor sentándose al lado del joven Corregidor completaba el decimosexto(16)comensal. Todos estaban tranquilos en el festín cuando Aracely rompe el silencio). ¿Es usted casado señor Leonardo? Le aseguro señora que su pregunta me ha tomado de sorpresa sin embargo le contesto con satisfacción que no lo estoy, no ha sido por falta de alguna pretendiente, yo diría que soy muy exigente para escoger a la mujer que pretenda quedarse conmigo para toda la vida. ¿Pero si tienes hijos? Aracely esas son cosas privadas de los hombres. Por favor Pedro,... desde cuando es privado para los hombres hacer hijos, pero sin embargo yo estoy segura que el señor Leonardo no es mujeriego como lo son algunos hombres de Bahía Chica. Señor Corregidor no le haga caso a mi esposa, ya que ella piensa que la mujer puede liberarse del hombre por completo. Perdóname Pedro, pero como mujer que soy y también tú hermana estoy de acuerdo con mi cuñada Aracely. El hombre de estas tierras sexualmente es muy activo, fíjense ustedes y miren a esos hombres que tienen diez y más hijos, y con diferentes mujeres, y no les importa nada,… y si son de la selva son más tremendos. (Al pronunciar la última palabra Doña Carmen miro a su esposo Luis, pero Luis no se dio por enterado y seguía comiendo, mientras que su hija Carmín aprovechando la oportunidad le pregunta al joven Corregidor).¿Dígame señor Leonardo que edad tiene que tener la mujer para usted? No me gusta la mujer muy niña. Me gusta que la mujer este entre los treintas, y cuarentas años de edad. (La joven Carmín bajo la cabeza y siguió comiendo). ¿Y a usted caballero Domingo de qué edad le gustan las mujeres? Señor Corregidor… me gustan todas, hasta los cincuenta años de edad. Yo nunca discrimino a la mujer por su edad, por qué cada mujer tiene su forma de reaccionar sexualmente, las hay que son muy ferviente en la cama, otras son dulces y obediente, pero las hay que son salvajes,… insaciable. ¡Caramba capitán Domingo!... En la forma que usted habla voy a pensar que usted es un Don Juan sin fronteras. ¡Imagínese que lo llaman el Gavilán! Cállate la boca Carmín. Perdóname mamá, pero es así como llaman a Domingo en Bahía Chica. Joven Leonardo usted perdone a mi hija, pero ella está muy joven para opinar en tal forma. Por favor mamá no me pongas en ridículo frente al señor Leonardo, que yo no soy una niña soy una mujer completa, y no me falta nada. ¿Y a usted joven que nos dice? Ramiro Cabeza Fontana ese es mi nombre. Perdone usted, solamente me refería a que tipo de mujer, y de qué edad le gustan. (Ramiro paro de comer, y mirando a Sauri le contesta a Leonardo). Me gustan hermosas, y que sean dominantes. Y también que se mantengan joven, por qué a mí la mujer vieja no me gusta. ¿Y de qué edad las prefiere? Ya le dije,… no me gustan las mujeres viejas. (La contesta cortante por parte de Ramiro, hiso que Leonardo mantuviera silencio entonces Flor tomo la palabra). Señor Leonardo ahora nos toca a nosotras opinar que tipo de hombres nos gusta. Perdone usted señorita Flor, le concedo la palabra. Querida prima Carmín empieza tu primero. Muchas gracias Flor, por qué a mí me gustan jóvenes y viejos, por qué algunos hombres entre los cincuenta y los sesentas…….

Son muy interesantes y si son ricos mucho mejor, pero el hombre joven es…. Para para de hablar. Ya sabemos que a ti te gustan todos los hombres. Ahora deja que Sauri diga qué tipo de hombre a ella le gusta. (Muy enojada Carmín tiro el tenedor sobre la mesa, y miro a Flor, mientras Flor muy sonriente reflejaba una pequeña burla en su rostro, pero Pedro dándose cuenta del enojo de su sobrina, les dice). Dejen que Carmín termine de hablar. No papá,… es mejor que Sauri de su opinión. Muy bien Flor, será como tú quieres, pero todos pónganme atención. Mi hombre tiene que ser cariñoso, y que le guste mimarme, mi hombre en la cama no puede dejarme a media,….. mi hombre en la cama tiene que ser un Gavilán igual que yo que me como el festín completo. Así que ya puedes ver Flor, ese es el tipo de hombre que a mí me gusta. (Como si un mosquito la hubiese picado Flor Fontana se puso de pie, y mirando a Sauri y con mucha rabia le contesta). Ten mucho cuidado Sauri en la forma que tú hablas por qué el señor Leonardo y su escolta pueden pensar que tú no eres señorita. ¡Es que yo no soy señorita! Sauri fíjate bien en lo que acabas de decir. Perdóneme señor Pedro, pero es la verdad que hace tiempo deje de serlo. Toda mi vida me he sentido sola sin padre, y Dios le dijo al hombre que nunca le pondría una carga mayor que la que uno no pudiera llevar sin embargo se llevó a mi madre, y me dejo sola en este mundo, y ahora después de tantos años que han pasados Dios ha puesto sus ojos en mi otra vez, y me ha mandado un hijo que voy a tener. ¿Quién es el padre de tu hijo? No señor Pedro, no se lo diré total para qué, si el hombre que es mi padre nunca ha tenido valor para venir donde mí y decirme "yo soy tu papá," y ya usted puede ver cuantos años tengo sin conocerlo y estoy viva. Eso me prueba que mi hijo puede vivir sin su papá. (Lentamente Sauri volvió a sentarse, y todos mantuvieron silencio esperando que Don Pedro hablara). Usted perdone señor Leonardo, todo ha sido mi culpa por permitir que esta charla haya llegado a tales extremos en su presencia. No tenga usted pendiente Don Pedro, mi escolta y mi persona mantendremos completo silencio sobre todo lo que se ha dicho en esta mesa. Ahora con su permiso me gustaría retirarme a dormir. Si señor Leonardo, pase usted. (Todavía el joven Leonardo no se había levantado de la silla cuando Yanyi entro en el comedor corriendo). Señora Aracely...señora Aracely. ¿Qué quieres Yanyi, es que no puedes ver que estamos ocupados? Señora es que acaba de llegar un Joven que dice llamarse Andrés, y quiere ver al Capitán Domingo. Dile que entre, él es mi segundo del Barco. Ya oíste a Domingo, dile a ese marino que entre hasta aquí. Sí. Enseguida se lo traigo. Perdonen los modales de Yanyi, pero en estos lugares no es fácil conseguir una buena servidumbre.

Por favor señor Leonardo no se retire y vamos a ver que noticias nos trae el marino. Si usted insiste me quedare un poquito más. Señora aquí tiene al marino de agua dulce. ¡Gitana habladora! Con su permiso mi Capitán. Hable usted Andrés. Nos acaban de avisar de Puerto Nuevo que una poderosa tormenta viene para acá y que podría atacar a Bahía Chica, y sus alrededores. Escúchame bien Andrés esta noche te quedas en la Hacienda, y mañana temprano partes para Bahía Chica, y te llevas a "Flor Fontana" para Puerto Nuevo. Si mi Capitán, como usted ordene. Yanyi llévate al joven a la cocina y dale de comer. ¿Al marino? Si Yanyi dale de comer al marino.

Echa,…si señora con mucho gusto. Tú sígueme marino. Es mejor que nos acostemos temprano por que puede ser posible que tendremos mucho trabajo en caso que esta tormenta se convierta en un Huracán, y nos ataque muy fuerte. (Todos estuvieron de acuerdo con Don Pedro, pero Sauri acercándose a Aracely le susurra suavemente). Aracely esto está muy extraño. ¿Por qué lo dices Sauri? Acuérdate que la vez que mataron a Crisol y a mi mamá, también paso un Huracán eso quiere decir que alguien se va a morir en la Hacienda. (De un solo brinco Aracely se puso de pies, y empujo la silla para un lado y gritando en voz alta le dice a Pedro). ¿Pedro,…acaso no oíste lo que Sauri acaba de decirme? Y que van a matar a alguien en la Hacienda. Te digo Pedro que Sauri está loca, quiero que la corras de la Hacienda ahora mismo. ¿Es qué tu no me oyes, o te haces el sordo? Perdóname Aracely, pero no puedo hacer lo que tú me pides, por qué Sauri es mi hija. Aracely tú lo sabes muy bien que yo no la puedo botar de la Hacienda. Maldito, maldito me prometiste que nunca se lo dirías y ahora acabas de pregonarlo, quiero que sepas que todo termino entre tú y yo. Y me voy a divorciar de ti. (La rabia combinada con el odio, corría a pasos rápidos por las venas de Aracely que ya no le importaba la presencia de las visitas para expresar su odio hacia Sauri). Y tú India, eso es lo único que tú eres aquí en la Hacienda, así que lárgate por qué mi Hacienda es muy pequeña para las dos. Aracely yo estoy de acuerdo contigo, está recogida tiene que irse de la Hacienda por qué yo no quiero una hermana que sea mesclada con esta partía de Indios salvajes. Muchas gracias Flor, parece que tú eres la única que razona en esta familia. No tengan pendientes las dos, por qué siempre ha sido mi intención irme de la Hacienda. (Le contesto Sauri en un tono burlón, y sonriendo). La verdad que a ustedes como familia no las quiero por qué las dos parecen víboras del mismo nido. (Aracely levanto la mano para pegarle a Sauri, pero sintió que otra mano más fuerte que la de ella le sujetaba el brazo, y una voz dulce le rogaba). Por favor señora no llegue a tales extremos. Perdone usted señor Leonardo, ahora con su permiso me retiro a mi habitación. (Sin decir una palara más Aracely salió del comedor, paso por la sala y miro hacia las ventanas, y se dio cuenta que estaba lloviendo demasiado fuerte, subió la escalera y al doblar la esquina que da al pasillo). Ay… ay condenado loco que susto me has dado. No sé por qué no te moriste aquel día. Hiii…hiii,… yo sé quién eres tú. ¿Qué tu dice, es imposible tu no recuerdas nada, tu quedaste loco, haber dime quien soy yo? Tú eres la señora de la casa vieja. Hiii…hiii. Así es Aracely últimamente Ismael está recordando muchas cosas. ¿Domingo que tú haces aquí, o es que estas preocupado por mí? La verdad que alcance a oír tus gritos y me imagine que te habías tropezado con Ismael. Debes de llevar a este loco a Puerto Nuevo y encerrarlo en un manicomio. Aracely Ismael no está loco, todo lo contrario últimamente está recordando muchas cosas y no sé por qué, pero desde que está en esta casa su memoria ha mejorado bastante. ¡Pues yo no lo quiero en mi casa! Ismael esta donde yo este, le he tomado mucho cariño, y lo quiero como a un hermano se quiere. ¿Domingo y a mí ya no me quieres? A ti nunca te he querido. Lo que paso entre los dos fue una equivocación mía por tener tanta juventud, y poca experiencia de la vida.

Mentiras tu si me quieres. Bastaría nada más que te tuviera en mis brazos otra vez y sintieras el calor de mi cuerpo, y estoy segura que te olvidas de todo el mundo, y te entregas a mis caricias como lo hacías antes. vámonos de aquí Domingo, y te juro que el dinero nunca nos va a faltar. Yo tengo mucho dinero depositado en un Banco de Europa, y podríamos vivir bien. Suéltalo Aracely. Él no se va contigo por qué Domingo es mío. (Muy erguida y amenazante, desde la escalera Flor Fontana le reclamaba Aracely, sus derechos sobre Domingo). Flor hace tiempo que te advertí que no te metas entre nosotros. Así que por eso tú quieres que la India recogida se largue de la Hacienda, de esa forma Domingo queda solito para ti. Flor tu eres una estúpida que no sabes nada. por favor Aracely, ya no le digas más nada, no hables. Si voy hablar Domingo, por qué ya estoy cansada de ocultar mis sentimientos y ya no me importa que el mundo sepa que el hombre que yo Amo eres tu Domingo. Y tú niña malcriada pon atención lo que te voy a decir. Tan pronto Domingo terminaba de jugar con ustedes a la casita, él venía como un loco, corriendo sin frenos, donde yo estaba....yo Aracely le enseño lo que es el sexo, yo fui la primera mujer que él vio desnuda, y conmigo saciaba sus deseos carnales, si yo Aracely lo hice un Gavilán,...y este Gavilán es mío ni tú, ni nadie me lo van a quitar por qué Flor, primero te mato. (Sin decir una palabra más Aracely entro en su habitación). ¡¡Bonita me la haces Domingo!! Flor tú te callas la boca por qué tú no sabes lo que es ser hombre joven, y con ganas de tener mujer. Por eso Sauri te bautizo con el nombre de Gavilán, pero quiero que sepas que los Gavilanes no quieren a nadie, es un ave Caníbal, y así tu eres salvaje como un Gavilán Pollero. Hazme un favor y nunca más te acerques a mí, tampoco te atrevas a tocarme por qué soy capaz de matarte con mis propias manos. Está muy bien Flor, no te voy a tocar por qué ya puedo ver que tú no sabes nada de lo que está sucediendo a tú alrededor. ¿Qué tú me quieres decir con eso? Nada y olvídalo. (Domingo agarro por un brazo a Ismael, y ambos empezaron a bajar por la escalera. Flor entro en su habitación, mientras que en el comedor solamente quedaban sentados Don Pedro y su hermano). Pedro estoy seguro que en este momento te sientes por el suelo. Si Florencio, ha de ser castigo de Dios. Fíjate todo lo que ha sucedido desde el primer día que puse mis ojos en Aracely. Papá y Mamá todavía estaban vivos, se opusieron a la boda, sin embargo me dieron la bendición y nos casamos. Domingo, Sauri, y Flor estaban muy jóvenes. Quien diría que nuestras vidas cambiarían por completo. Después nuestros padres murieron, Ramón y Jesús, se mudaron para la Capital, y allá hicieron familia, Carmen y Luis se mudaron para la selva, y tú Florencio te quedaste en Bahía Chica, y yo me quede en la Hacienda con Aracely. así como yo me ponía viejo, Aracely era lo contrario ella se ponía más joven, y más hermosa, no sé còmo pude estar tan ciego y no quise aceptar la diferencia de edad entre Aracely,...y yo. Mi hermano no te martirices más con esos pensamientos. Cuando el Corazón se enamora es algo más fuerte que nuestra voluntad, y nuestro subconsciente no discrimina y lo acepta como tal, y cuando nos damos cuenta que estamos en un error es mejor aceptar que nos equivocamos, y no tratar de arreglarlo por qué podemos herir a muchas personas que queremos, y qué no tienen ninguna culpa de nuestros pecados.

Florencio yo sé que tú siempre me has dado muy buenos consejos, y yo como un estúpido siempre los he echado a un lado, y nunca he mirado tus buenos sentimientos hacia mí. Ya nuestros hijos crecieron y es justo que todos ellos sepan la verdad de lo sucedido. Pedro ahora es un peligro decirle toda la verdad,...por qué ya ellos son adultos y no sabemos que reacción van a tener, cuando eran niños hubiese sido más fácil decirle todo lo sucedido, pero tú no quisiste hacerlo, Pedro ahora tienes que tener mucho cuidado por qué si hablas demasiado le puede costar la vida a uno de los muchachos, o a tú Aracely. no te preocupes por tu hijo, no pienso hacerle nada. mi hermano no es de ti que tengo miedo es Aracely, ella es capaz de todo cuando quiere algo. Florencio yo sé que el Amor de Aracely es para Domingo. La muy condenada me lo repite a cada rato que tiene una oportunidad de herirme, "mi hombre es Domingo" he podido matarla sin embargo no lo he hecho me han fallado las fuerzas,...y siempre caigo llorando en sus brazos. Siempre me amenaza que si yo le hago algo malo a Domingo, ella no se acuesta más conmigo y hablaría mal de mí. Hay veces que me pregunto cómo es posible que se pueda Amar tanto a una mujer que te destruye poco a poco. Es como un dolor que se mete muy despacito en tú mente y cuando de verdad sientes el dolor es demasiado tarde para uno, por qué se convierte en un gusto que mata lentamente. Yo estoy seguro que ese tipo de pasión tiene que venir de lo malo, por qué no cabe en mi mente que Dios quiere tal sufrimientos para sus hijos, tampoco imponerle un castigo como el que yo estoy sufriendo. Ya yo estoy convencido que Aracely es hija de lo malo,...y de nacimiento, y no va a cambiar por qué es una experta para disfrazar las mentiras que dice. ¿Y ahora que has decidido hacer? Lo primeo que voy hacer es decirle al señor Corregidor que no me opongo a que se reparta la fortuna de los Fontana, y también pienso decirle a Flor que yo no soy su padre. Pedro es mejor que nos retiremos a dormir, mañana hay mucho que hacer antes que llegue la tormenta. (Los hermanos se despidieron sin percatarse que una mujer descalza había escuchado toda la conversación, y que rápidamente corrió hacia la sala, y se escondió atrás del sofá. Tan pronto los hermanos se fueron la mujer subió la escalera, y desapareció en el pasillo. La lluvia continuaba mientras los pocos criados limpiaban la cocina). ¿María como esta todo en la cocina? Todo está bien señora Aracely, pero yo creí que usted estaba durmiendo. No te preocupes por mí, y dime donde esta Yajaira. Me dijo que usted la había mandado a buscar a Francisco. Que bruta es. ¿Por qué no mando a uno de los muchachos a que fuese a buscarlo? No lo sé señora. ¡Y tú eres una sin mente que nunca sabe nada, solamente lo que te conviene! Y usted es una señora malcriada que no se da cuenta que con la cocinera no se puede discutir por qué yo soy quien te prepara las comidas que te comes,…..además siempre ando con un cuchillo en mi mano. (María le camino dos pasos al frente haciendo retroceder Aracely). ¿Tú te atreves amenazarme con un cuchillo? Mire señora Aracely ya yo estoy cansada de sus impertinencias, y también de sus insultos a mi persona. Si… ya yo sé que soy negra, y usted. Y que blanca es, pero esto es aquí no más pues, en el cementerio todos tenemos la misma vestidura. Así que si usted se cree que es de piedra de un paso y le voy a enseñar que su sangre es roja……………..

Como la mía, y que usted se muere como nos morimos toditos. Todos ustedes son una partía de locos poseídos. (Le grito Aracely muy nerviosa). ¿Por todos mis muertos que es lo que pasa María, y a usted que le sucede señora Aracely? (Preguntaba Yanyi desde la puerta que da al patio). A ti no te importa Yanyi, no se te olvide que tú estás aquí para trabajar, no para estar paseando por la casa, tan pronto como llegue Francisco le dices que suba a verme. ¿A su habitación,…señora? Si estúpida, a mi habitación. Y no se van a dormir hasta que terminen de limpiar la cocina. ¡Virgencita del camino, pero María a usted sí que le gustan las peleas! Por favor Yanyi, ponte a trabajar y no critiques más por esta noche. Coge esa bandeja y llévales jugo de naranja, pero primero tocas en la puerta antes de entrar. (Yanyi se acomodó la bandeja en el hombro izquierdo, y la mano derecha en la cintura, y empezó a caminar moviendo sus nalgas sin darle importancia a las protestas de María. Tan pronto salió Yanyi de la cocina María se acercó a la puerta que da al patio y aun con la fuerte lluvia pudo ver a un hombre que llegaba montando un Caballo, y se dijo). Ese es Francisco, pero no veo a Yajaira. ¿Dónde habrá ido esa India? (El silencio humano reinaba en la Hacienda solamente se podía oír el ruido de la lluvia al caer, pero la joven Carmín no podía conciliar el sueño, muy nerviosa miraba por la ventana de su habitación se retiraba y cerraba las cortina, y volvía a repetir la misma operación). ¿Dios mío quien me mando a venir a esta condenada Hacienda, y cuando será de día? (Se hacia las mismas preguntas continuadamente cuando se dio cuenta que una parte de la cortina se movía hacia un lado, aun estando la ventana cerrada. Rápidamente sintió como la empujaban hacia la pared, y pudo ver como la sábana blanca de la cama se hundía suavemente, como toda Gitana que es Carmín, rápidamente pregunto). ¿Identifícate,...dime que es lo que quieres de mí? (Y rápidamente con sus manos se tapó sus oídos, y escucho una voz suave y lejana que le advertía). Aléjate de aquí que te quieren matar...Aléjate. (Cuando Carmín abrió sus ojos se dio cuenta que estaba de rodilla en el piso, no sabía cuánto tiempo había estado en esa posición, pero si se acordaba de lo que le habían dicho, entonces miro el reloj que se encontraba en la mesita al lado de la cama y vio que solamente eran las dos y media de la mañana). ¿Por qué tengo que estar aquí si yo nunca he matado a nadie, y por qué mi vida corre peligro de muerte si lo único que yo quiero es ser feliz y vivir vivir yo no quiero morir, Por qué se está demorando tanto en amanecer? Tengo que controlarme por qué no puedo quedarme ni un día más en esta Hacienda embrujada. Todos los que habitan aquí están poseídos en alguna forma y si hay algo que quiere que yo me salve, yo no voy a perder esa oportunidad. No creo que pueda dormir, cuando sean las cinco de la mañana tengo que salir de la Hacienda yo no quiero ser otra víctima más, por qué yo soy inocente de todo lo que sucedió aquí entre estos Gavilanes. (Todo esto Carmín lo murmuraba entre dientes a la vez que se aseguraba que la ventana, y la puerta estuvieran bien cerradas. Mientras mojado como un pollo, Francisco tocaba suavemente en la puerta de Aracely). Entra rápido, no te quedes parado ahí. (Francisco como siempre obedeció la orden de Aracely). ¿Qué me miras tanto, es que acaso nunca has visto una mujer de verdad, dime por qué te demoraste en venir?

Es que he tenido unas Diarreas muy fuerte, y me la he pasado todo el tiempo en el sanitario. ¿Y Yajaira donde esta? No lo sé, pero me dijo que tenía que avisarle a sus padres del mal tiempo. Tú tienes que ir a la "casa vieja" Marlina se encuentra allá, quiero que la mates enseguida antes que se haga de día. Toma este Revolver y pégale dos tiros en el Corazón. Quiero que regreses rápido, y mañana matas a Carmín, y si es posible también matas a Flor. A todas ellas las quiero ver muertas de verdad así que toma este dinero, y según vallas terminando de hacer las cosas te daré más. Ahora ve hacer lo que te ordeno. Si señora Aracely, ahora mismo voy para la "casa vieja" y mato a esa India gorda que me cae muy mal. (Tan pronto sale Francisco, Aracely con mucha cautela cerró la puerta de su habitación. Las cinco de la mañana no se hiso esperar y llego en el preciso momento en que la lluvia, y la brisa aumentaban en intensidad cuando Carmín entro en la cocina, María y yanyi le servían el desayuno al Marino, Carmín apresuradamente se le acerca Andrés). Marino quiero que me lleves a Puerto Nuevo. Pero señorita con este tiempo es muy peligroso fíjese que hay mucha agua en el camino. No me importa Marino, yo me voy así. No la lleves Marino. Por favor Yanyi, no te metas y déjalo que me lleve a Puerto Nuevo, yo quiero irme de aquí. No la lleves Marino, que esta es una Brujita que está huyendo de algo, o de alguien. Déjala tranquila Yanyi. (La voz de Domingo sonó fuerte en la cocina). Es mejor que Andrés la lleve a Puerto Nuevo, yo estoy seguro que ella sola sabe por qué quiere irse de la Hacienda. María prepárales las mochilas que yo le traigo los Caballos. (Yanyi que no se había quitado del medio de los dos, le dice al Marino). Mira Marino,…no importa lo que tú hagas, pero no la mires a los ojos, por qué los tiene embrujados. (Carmín defendiéndose le contesta y le da el frente). Oye niña no te metas conmigo,… echa más te vale. Y tú Brujita que te crees, que te tengo miedo. Ya paren de discutir. Pronto monten los Caballos, y lárguense de aquí. (Los dos jinetes salieron de la hacienda en el preciso momento que Yajaira llegaba). Yajaira pensamos que te había sucedido algún problema. Nada señor Domingo. Muchas gracias por preocuparse, pero Francisco fue el que se murió. Pero entra que está lloviendo muy fuerte, y explícate mejor. ¿María como usted está? Bien Yajaira, que alegría de verte otra vez, pero dime como esta eso de que Francisco se murió. Muy fácil de explicar, el pobrecito quiso matar a mi hermana Marlina, y el gran sacerdote dijo que Francisco tenía en su Corazón un espíritu malo y que había que sacarle el Corazón y echarlo al fuego, y eso fue lo que mis hermanos le hicieron. Le sacaron el Corazón a francisco y lo echaron al fuego. ¿Y con que le sacaron el Corazón? Pues con un cuchillo de cazar panteras. Cállate la boca Yanyi por qué haces unas preguntas feas. Pobre Francisco que muerte más horrible le dieron. María usted siempre quiere que me calle la boca cuando la conversación está muy interesante. Toma Yanyi, y pelas estas papas y te estas tranquila. Hola Yajaira. ¿Don Pedro usted levantado a esta hora? Si Yajaira, y lo escuche todo lo que hablaron, pero dime como esta Marlina. Don Pedro mi hermana está muy bien gracias a usted, pero horita nos vamos todos al volcán del Indio. ¿Yajaira es que tú te vas de la Hacienda? Si María. Solamente vine a recoger mi ropa, y hablar con el Sargento Pérez,.......

Si usted me da permiso Don Pedro. Naturalmente que sí, ve muchacha y doblega a ese militar. (Yajaira salió de la cocina muy contenta, y Domingo se acercó a Pedro). ¿No sé por qué usted se preocupa tanto por la india Marlina? Domingo es mejor que no preguntes tanto y prepara todos los animales de la Hacienda, y advierte a la gente que esto es un Huracán, y que si sigue lloviendo así tendremos que irnos para la "casa vieja". (Don Pedro salió de la cocina sin decirle a Domingo lo que este quería saber, y se dirigió a su habitación, antes de entrar miro hacia ambos lados del pasillo y entro). Desgraciado por fin te acuerdas que yo soy tú esposa. Aracely no he venido a discutir contigo, solamente vine para que hablemos bien claro de nosotros. Muy bien habla que yo te escucho. Aunque me imagino de que quieres hablarme. Pobrecito,...de seguro que has perdido a alguien muy especial para ti. Aracely déjate de burlas, y pon atención lo que te voy a decir. Primero te digo que los indios mataron a Francisco. Pedro eres un mentiroso. Es verdad, le sacaron el Corazón y lo tiraron al fuego. Lo dices para asustarme. No lo digo para asustarte yo sabía que tu tratarías de matar a Marlina, pero yo se lo advertí a Yajaira, y rápido se fue y saco a Marlina de la "casa vieja" cuando Francisco llego miembros de la tribu de Yajaira lo agarraron, y lo mataron. ¡Todos son una partía de salvajes! Aracely los son menos que tú, por lo pronto ellos mataron en defensa propia tu no,...tú matas por placer. Eres un bruto Pedro Fontana, pero hoy me voy para Puerto Nuevo. No te puedes ir hay mucha agua en el camino. No me importa. Me tiene sin cuidado lo que tú digas, le diré alguno de los muchachos que me sirva de guía, y también le pediré a tú sobrina Carmín que me acompañe en el viaje. Lo siento mucho querida, pero mi sobrina se te adelanto bien temprano, y se fue para Puerto Nuevo con el Marino. Cobarde, es una maldita cobarde. ¿Por qué no me aviso a tiempo? De todas formas yo me voy. ¿Aracely por qué es ese apuro que tú tienes en dejarme? Y tú piensas que me voy a quedar aquí a mirar como tú le entregas la Hacienda a tus hermanos. Pues Aracely que la verdad no había pensado en tal cosa. Pero yo si lo pensé, y prefiero irme de aquí a otros lugares a otra vida que no sea esta que tú me estás dando. Como quieras Aracely, pero te repito que tienes que esperarte que escampe por qué nadie te va a llevar a Puerto Nuevo, no así con este Huracán. Te vuelves a equivocar Pedro. Yo sé quién me va a llevar, yo sé que Domingo lo hace si yo se lo pido. Tú vas a ver que él me lleva hasta Bahía Chica y allí tomo el barco hasta Puerto Nuevo, y te juro que nunca más me volverás a ver. Por favor Aracely, él no te va a llevar por que Domingo ya no te quiere como antes lo hacía, y mucho menos ahora que Sauri le va a parir un hijo. Pedro quítate de la puerta y déjame salir, que Domingo y yo tenemos que hablar. No Aracely, no te dejare ir de la Hacienda. Quítate del medio por qué soy capaz de matarte. ¡¡Ya te dije que no te vas!! Si sigues insistiendo en irte se lo diré todo al Corregidor. Yo te conozco. Tú no le dirás nada por qué tienes miedo de perderme para siempre y yo soy la mujer que tú quieres. No Aracely,… por favor no me dejes solo. (Don Pedro había caído de rodillas, y sujetaba Aracely por la cintura a la vez que le rogaba trataba de besarla). Lo ves cariño que infeliz y débil tú eres. Es mi cuerpo, son mis carnes que te vuelven loco, yo soy la única mujer que ha estado a tu lado toda tu puerca vida.

Así que tranquilízate un poco que yo me voy, pero vuelvo por ti. Ahora Amorcito quítate del medio que tengo que llegar a Bahía Chica antes que "La Flor Fontana" parta para Puerto Nuevo. Tata…tata. Don Pedro habrá la puerta que ha ocurrido un accidente hombre. esa es Yanyi que está en la puerta, la conozco muy bien. (Dijo Aracely mientras Yanyi seguía insistiendo). Hombre habrá la puerta que su hermana está muerta. Pedro no me mires así que yo no he matado a nadie. Abre la puerta. (Don Pedro abrió la puerta, y en el pasillo se encontraba Yanyi muy tranquila, y cantando bajito). ¿Qué son esas estupideces que estas gritando? No lo son Don Pedro, su hermana está muerta… muertecita de verdad. ¡Echa… lo que es en esta casa ya nadie me cree! Ven conmigo Aracely. Vamos a ver qué ha pasado. Suéltame Pedro. Si a tu hermana se le antojo morirse un día como el de hoy,

no es mi culpa. Además lo que es hoy yo no tengo ganas
de ver a un muerto. Ve tú, que yo te espero aquí. Vamos
Yanyi dejemos a la señora tranquila en su habitación, de
seguro le duele mucho la cabeza. Señora Aracely,…sabe
lo que es bueno para el dolor de cabeza, tómese. Yanyi te
dije que vamos. Y por favor para ya de dar tantos consejos.
Si Don Pedro, enseguida. (Rápidamente llegaron a la
habitación de Carmen y Luis, situada en la planta baja de
la casa, pero al lado derecho en el pasillo ya se encontraban
los miembros de la familia, y también se encontraba el
señor corregidor con su escolta). ¿Luis que es lo que á
sucedido? Pedro yo salí al pasillo por qué tenía ganas de
ir al sanitario, te lo juro que yo la deje despierta, pero a
mí me parece que yo me demore en regresar en veinte
minutos y ya estaba muerta y la habitación toda revuelta.
Por favor Luis no llores tanto, tienes que tener un poco de
control para poder averiguar qué fue lo que sucedió. ¿Qué
puede usted decirme señor Leonardo? No hay ninguna
duda que la persona que mato a su hermana uso una hoja
de acero muy cortante, yo diría un cuchillo de caza,
y quien lo hiso sabe usar el arma, por qué su hermana
murió enseguida tuvo que ser una persona conocida por
su hermana, ya que buscaba algo de valor. ¿Quiere usted
decir que Carmen le tenía confianza a la persona que la
mato? Correcto Don Pedro. ¿De quién usted sospecha?
De todos ustedes, por qué para mi todos ustedes lo son.
No puede ser si todos somos de la misma familia. Lo
siento mucho joven Ramiro, pero usted también lo es.
¡Está usted loco señor Corregidor, como usted puede
pensar que yo sea capaz de matar a mi propia madre! Sí.
Alguno de ustedes pudo haberlo hecho no se les olvide

que todavía hay una herencia que repartir. Sargento...
Mande usted señor Corregidor. Saque usted los rifles
del Baúl, y asegúrese que nadie sale de esta casa sin mi
permiso. Lo que ha ocurrido aquí es un homicidio. Sí
señor, como usted ordene. Señor Corregidor usted tiene
que permitir que yo salga de la Hacienda, o de lo contrario
mis hermanos vienen a buscarme, y todos ustedes van a
correr un serio peligro. Es verdad lo que Yajaira dice si
ella no sale de la casa esos indios vienen a buscarla, y nos
pueden sacar el Corazón, y tirarlo al fuego. Por favor
Yanyi cállate la boca que metes miedo. Como usted diga
Doña María, pero eso fue lo que le hicieron a Francisco.
¡¡Yanyi cállate ya!! (Todos exclamaron al mismo tiempo).
mire usted señor Corregidor, yo no la mate, por qué yo
estaba con el Sargento y el Razo Ortega. Así es señor
Corregidor. Yajaira estaba con nosotros.

Está bien Sargento Yajaira se puede ir, pero Sargento
quiero ver a toda la familia Fontana en el comedor dentro
de media hora. Si señor como usted ordene. ¿Ya podemos
ver el cuerpo de nuestra hermana? Si Don Pedro, pero
les advierto que es una escena fea. Muchas gracias señor
Corregidor. (Los hermanos entraron en la Habitación
y Ramiro se le acerca a Sauri, y a María y le pregunta).
¿Dónde está mi hermana, fui a su habitación y allí no
está? Tu hermana se fue temprano en la mañana con el
Marino. Es una cobarde. ¿Sería mi hermana capaz de
hacer tal cosa? Cállate la boca Ramiro, ella no ha hecho
tal cosa. El Corregidor dice que a tu mamá la mataron
cerca de las siete de la mañana, y tu hermana se fue a las
cinco. Perdonen, pero voy a llevar a papá al comedor. (Tan
pronto se alejó Ramiro con su papá Sauri agarro a Yajaira

por la mano). Vamos Yajaira nosotras te vamos acompañar afuera de la casa antes que tus hermanos se impacienten, y después nos quieran sacar el Corazón. Sauri espera un momento. Domingo por favor para qué quieres que te espere si la mujer que tú quieres se llama Flor. Sauri tu vida, y la vida de todos nosotros corremos peligro. ¿Es que no te das cuenta que la persona que mato a tu mamá, y a mi mamá está aquí en la Hacienda? Mira Sauri y ponme atención de lo que te digo. Toda persona que en alguna forma, y otra, conoce la naturaleza de ese crimen, está en peligro de que lo maten. Echa Capitán Domingo, no siga usted metiendo miedo. Lo siento mucho Yanyi, pero es verdad lo que estoy diciendo. Mire usted que yo estaba muy niña, y yo no sé nada de ese crimen. Sauri lo que es esta noche yo duermo en tu habitación. ¿Y tú Domingo que propones que debemos hacer? Yo estimo que Yanyi tiene razón, desde ahora en adelante todas duermen en una sola habitación, y no se separen. Además lo más probable es que mañana nos vamos para la "casa vieja". Yo no quiero volver a la casa vieja. ¿Por qué niña Sauri…por qué? Yanyi es que en la "casa vieja" ocurrió el crimen. Basta ya de portarse como unas niñas cobardes, y llevemos a Yajaira a su Caballo. (Así le dijo María. Ya en el patio, pero la lluvia no cesaba de caer, Yajaira monto su Caballo y metiendo la mano en su mochila le dice a Domingo). Capitán Domingo, tome este Revolver, y este dinero, esto era lo que Francisco llevaba con él. "El Gran Sacerdote Indio "dice que todo esto esta maldecido por "El Gran Espíritu Blanco". (Sin pronunciar una palabra más la joven india guio su Caballo hacia el camino donde sus hermanos la esperaban impacientes). Joven Domingo.

¿Carlos qué es lo quieres? Dímelo rápido que el tiempo apremia. Yo sé que el hombre vestido de negro no quiere que nadie salga de la casa, pero dígale al patrón que los muchachos ya quieren irse con sus familia para la "casa vieja". Aquí el terreno es muy peligroso, por qué estamos cerca del rio. Está bien Carlo yo le explicare a mi tío, y al señor Corregidor. Tienen que irse rápido, yo diría ahora por que la lluvia está arreciando, y no va a parar de caer. (Mientras el joven empleado reunía a todas las familias, y compañeros de trabajo para irse hacia la casa vieja, los Fontana se reunieron en el comedor de la casa que Don Pedro mando a construir para su esposa Aracely. en el comedor se encontraban el Sargento Pérez(1) y el Razo Ortega(2) también a petición del señor Corregidor estaban María(3) y Yanyi(4), sentado en el centro de la mesa "El señor Corregidor"(5) tenía la voz de mando). Debido a la circunstancia que hay me he visto obligado a reunirlos a todos ustedes aquí, por qué hay ciertas probabilidades que uno de ustedes mato, o mando a matar a la señora Carmen. (Rápidamente la Viuda Jacinta (6) le contesta). Señor Leonardo, su poder de Corregidor no le da derecho de poner en duda el honor, y la integridad de mis hijas (7) (8), y de mi persona. ¿Verdad Florencio (9)? Mi querida Jacinta así yo creo también, pero parece que entre la familia hay un criminal que tiene el Corazón muy negro. Yo mejor digo que hay dos criminales en esta familia. (Le contesto Sauri(10) a Florencio.

No se les olvide la muerte de mi madre, y la de Crisol. Sucedió aquí en los terrenos de la Hacienda, en la "casa vieja". (Aracely (11) que no dejaba de mirar al joven

Corregidor, le contesta a Sauri). Ese crimen sucedió hace muchos años. Además el entonces Corregidor determino que fueron Bandoleros los que mataron esas Indias, y que huyeron hacia la selva. Señor Leonardo puedo hacerle una pregunta. Domingo usted tiene la palabra, pero por favor sea usted breve en su pregunta por qué tenemos mal tiempo. ¿Se puede abrir ese caso aunque haya transcurrido muchos años? Joven Domingo para abrir ese caso, y otro parecido, es necesario hacer unos procesos legales como enviarle una carta al secretario de la Corte, pidiéndole al sistema Judicial revisar el caso, y hacer una nueva investigación, naturalmente usted tiene que exponer una duda solida referente a la pasada investigación, o investigador. (Como si un bicho la hubiese picado, Aracely le da el frente al joven Corregidor). Nosotros estamos conforme con el testimonio dado por el entonces Corregidor, y no vemos razón para otra investigación. Por estas tierras los Bandoleros todos los días matan Indios, y nadie se preocupa. ¿Por qué ustedes tienen que preocuparse por esas dos Indias? Óyeme bien Domingo. Tú tío y yo estamos seguro que aquí el señor Corregidor tiene casos más importantes que atender. Señor Leonardo tan pronto usted termine con el caso de mi cuñada le pido de favor que se retire de mi Hacienda. ¿Señora Aracely me está usted echando de la Hacienda? Señor Leonardo no se le olvide que usted vino a mi Hacienda invitado por mi cuñado Florencio, y que lo hiso en contra de la decisión de mi esposo y la mía, pero parece que se le olvido que usted está aquí solamente para repartir la herencia de la familia Fontana. Ahora resulta que muere mi cuñada Carmen, y usted dice que es un homicidio, y lo más probable que la pobre se cansó de la vida tan cruel que da la selva y no quiso regresar y por eso se suicidó, y usted señor Corregidor no conforme ahora quiere averiguar la muerte de dos Indias sin importancia, cosa que ocurrió hace muchos años pasados. Señor Corregidor en estas tierras la vida de un Indio no vale nada, y si usted persiste en abrir ese caso me quejare al señor Gobernador de la Comarca, y le advierto que el señor Gobernador es mi amigo personal. (En un segundo Aracely miro a Sauri, reflejando en su rostro un odio mortal). Ahora con su permiso me retiro. ¿Para donde usted va? Señor Corregidor le advierto que yo voy a donde me da la ganas, por qué estas son mis tierras, y esta es mi Hacienda, usted es el que sobra aquí así que termine sus negocios y lárguese. Señora Aracely la ley me otorga el derecho y la razón de estar en el lugar donde se haya cometido un crimen, por lo tanto como yo considero la muerte de su cuñada un homicidio, mientras no se pruebe lo contrario yo permaneceré en su Hacienda el tiempo que sea necesario según la ley lo justifique. También quiero que sepa que yo también conozco a mi tío, que es el señor Gobernador de esta comarca. Lo que es ahora no podemos hablar referente a la muerte de las dos Indias, no lo puedo hacer sin una orden Judicial, y se me obliga respetar el dictamen que hiso mi colega hace diez años pasados… (Una leve sonrisa de triunfo se reflejó en el rostro de Aracely al oír la declaración de Leonardo). … por lo pronto esta reunión es para saber quién o quienes están implicado en la muerte de su cuñada, la señora Carmen. ¿Señora Aracely tengo entendido que en su casa vive una persona con pocas facultades mentales? Si usted se refiere al "loco Ismael" él no vive en la Hacienda, pero pensándolo bien ese loco puede ser el criminal. Eso es mentiras señor Corregidor. Ismael no es violento, es un enfermo pacifico. Señor Domingo, tranquilo y explique por qué usted lo defiende tanto. Señor Corregidor yo todavía no he terminado de hablar con usted. Perdone usted señora Aracely, pero hay veces que me olvido de mi ética de <corregidor. Yo le comprendo señor Leonardo, pero le digo que el "loco Ismael"

y Domingo son íntimos amigos, no me extraña que él haya matado a mi cuñada Carmen, por qué tengo entendido que Ismael odia a muerte a Ramiro, el hijo de Carmen.

Eres una víbora. Eso es lo que eres, pero se te olvida Aracely que tú también tienes motivo para matar a mi tía. Señor Domingo usted defiende a su amigo Ismael, y ahora acusa a la señora Aracely,…sería bueno que usted se explique por qué de lo contrario lo voy a detener por sospechoso…. (Aracely mantenía silencio, y otra vez se acomodaba en su silla como si estuviera disfrutando el momento). … ¿Dígame donde se encontraba su amigo Ismael en la hora que se cometió el crimen? Ismael estaba en mi habitación. Mí Capitán esas son puras suposiciones por qué usted se encontraba con el Marino desayunando en la cocina, y preparando los <Caballos para su partida a Bahía Chica con su prima Carmín. ¿Cómo usted sabe todo esto, si usted estaba en su habitación? Mire usted señor, o Capitán Domingo, no se le olvide que indagar, y encontrar al verdadero culpable es parte de mi trabajo y tampoco se le olvide que yo soy el que hace las preguntas ahora y siempre, y como usted no me ha dado una respuesta satisfactoria a todas mis preguntas

yo lo declaro sospechoso en el asesinato de la señora Carmen. ¡Esto es insólito señor Corregidor! Mi hijo no es un criminal. Don Florencio puede ser que usted tenga razón, pero su hijo defiende demasiado a Ismael, y eso lo convierte en un presunto aliado en caso de que Ismael sea el culpable. Tan pronto terminemos esta reunión le diré al Sargento Pérez que busque a Ismael y que lo traiga vivo, así podré interrogarlo. ¡Te lo dije Domingo! (Exclamo Aracely muy satisfecha sonriendo). Un montón de veces te sugerí que metieras a ese loco en un Sanatorio para enfermos mentales, pero nunca quisiste hacerlo y si hoy mato a Carmen, a lo mejor fue el quien mato a tú madre, y después trato de suicidarse. ¿Pudo haber sucedido así señor Corregidor? Señora Aracely no lo puedo negar, hechos así suceden un montón de veces todos los días..... El agresor mata a su víctima, sale huyendo de la escena del crimen, y después decide terminar con su propia vida. Crac cric. Hay Virgencita de los cielos que ruido tan feo. No se asuste señorita Yanyi. Razo ve a la sala, investigue de donde procede ese ruido. (El Razo Ortega obedeció a su jefe, y regreso al comedor muy asustado). Señor Corregidor el viento es tan fuerte que ya está rompiendo las ventanas de la sala. Ninguno se levante. Todos quédense sentados que todavía no hemos terminados, quiero hacerle una pregunta a Don Pedro. Señora Aracely, ahora están tocando en la puerta de la sala. No seas estúpida Yanyi, ve a ver quién está en la puerta de la sala. Tengo miedo señora, y si es Ismael. Por todos los demonios, ...ve abrir la puerta. Últimamente todo el mundo se á propuesto en molestarme. Perdone usted señor Leonardo, prosiga por favor que el clima no ayuda en nada. Muchas gracias señora. ¿Usted Don Pedro siempre está de acuerdo en todo con su esposa? Sí señor, y yo respaldo Aracely en todo. Don Pedro tengo entendido que una de las India muerta es la mamá de Sauri, de nombre Aquarina, y que era su Amante. Usted no hace caso a las palabras de Aracely, no insista más. Leonardo en estas tierras las Indias siempre se han acostado con los patrones, y yo no soy un santo. Señora Aracely acaba de llegar el padre Fermín, y Juan el cantinero acompañado con otras personas. As que pasen al comedor. ¿A todos? Si Yanyi. Que pasen todos. Echa señora Aracely, no se va poder por qué son mucha gente. Venga usted a la ventana y mire. ¡Y que hace toda esa chusma aquí en mi Hacienda! Que solamente entren Juan, y el padre Fermín. (Yanyi salió corriendo del comedor en busca de los recién llegados, y Aracely acercándose a Flor le dice). Después tenemos que hablar asolas por qué aquí hay mucha gente que no son Gitanos. Señora Aracely, por favor siéntese que les voy hacer una proposición a todos. Estoy dispuesto perdonarle la vida a la persona que mato a la señora Carmen, si se entrega ahora mismo. Por favor señor Corregidor, no siga usted con el mismo tema, primero usted tiene que estar seguro que fue un homicidio y eso solamente puede decirlo un doctor. Señora Aracely si usted continúa llevándome la contraria en mi investigación puedo pensar que usted sabe muchas cosas, ...

Que quizás usted está ocultando. Mire yo soy un oficial educado en la Capital, pero antes que todo soy un ser humano, y puedo ser impertinente en mis averiguaciones así que siéntese, y hable cuando sea necesario y yo se lo pida. Señor Corregidor es preferible que hoy suspenda esta reunión y mañana la hacemos en la "casa vieja," de todas maneras ya sabemos quién es el criminal y aquí en esta casa no podemos quedarnos por qué parece que este Huracán es demasiado fuerte, y si nos quedamos aquí corremos mucho peligro. Usted tiene razón Don Pedro, nos vamos para la "casa vieja". Solamente nos queda otro problema señor Corregidor. Señorita Sauri explíquese usted cual es. Si nos vamos para la "casa vieja" corremos el peligro de que el loco Ismael nos mate uno a uno. ¡Cállate Sauri! Eres un ave de mal agüero. Pedro no permitas que tú hija bastarda baya para la "casa vieja". Señora Aracely es de humano que todos nos queremos salvar. Usted Leonardo no tiene otra cosa que hacer que meterse en problemas de esta familia, salve usted su vida si es que puede. Ves Florencio, bien claro te dijimos varias veces que no había necesidad de traer un Corregidor a la Hacienda, solamente tú has provocado esta situación, y por tú culpa el loco de Ismael nos quiere matar a todos. Yo espero que el próximo muerto seas tú, o tu hermano Pedro. Querida cuñada si Ismael en su locura decide matarte a ti primero entonces cuando a mí me toque mi muerte sería una felicidad, fíjate que "no hay mal que por bien no venga". A lo mejor Dios me concede lo que por tanto tiempo le he estado pidiendo. Eres un salvaje igual que tu padre lo fue. Yo tuve que acostarme con ese viejo asqueroso. ¡No me miren así! Ese fue el requisito que el maldito viejo impuso para que pedro y yo pudiéramos casarnos, y así son todos los Fontana ave de rapiña. Y todos ustedes son sus hijos, no tienen nada de diferente son igualitos, el molde cambio muy poco por qué llevan la sangre de Gavilán en sus venas, por eso todos quieren regresar al nido favorito de sus padres, la "casa vieja". Muy buenas tengan todos, aunque el tiempo este malo. ¿Padre Fermín como está usted de salud? (Le contesto Aracely en forma burlona). venga usted para acá que aquí está la familia recordando los tiempos pasados, pero padre si usted también pertenece a la gran familia de los Gavilanes. ¿O estoy equivocada? Por qué usted siempre ha sido el casamentero de los Fontana. Lo único malo de estos tiempos es que anda un cazador loco, degollando a los Gavilanes, así que usted padrecito tiene que cuidarse. (Poco a poco el padre Fermín se fue alejando de Aracely, y se sentó al lado de Pedro). Buenas tardes. Raquel querida, tú aquí en mi casa como en los buenos tiempos, señor Leonardo hoy es un día lleno de sorpresas, yo estoy segura que vienen hoy a mi casa solamente para fregarme la vida, verdad Raquel. ¿Y por qué no Aracely si aquí vive mi padre, yo me crie aquí recogiendo Canela? (Un silencio profundo se apodero de los presentes y Don Pedro se paró rápidamente empujando la silla hacia un lado mientras que Raquel seguía hablando y miraba a la señora Aracely que con los nervios afectados estaba intranquila en su silla). Pregúntenle a Don Pedro que cuando a él le gustaba una mujer se la comía enseguida, y no le importaba que tuviera marido, por qué su papá el viejo Fontana dueño, y señor de la comarca complacía a todos sus hijos Gitanos. Por tu bien es mejor que te calles la boca Raquel, por qué me imagino que has venido por la herencia de los Fontana. Te equivocas Aracely. Lo que me sucede es que ya estoy cansada de ocultar tantas cosas, y quiero que sepas que ya no te tengo miedo. Por favor no me miren así. Sí. Mi papá es Don Pedro Fontana. ¿Qué cómo sucedió?

Como siempre ha sucedido en esta familia de Gitanos que la buena fortuna los convirtió en Almas pecadoras. Una vez el señor Pedro fue a casa de mi mamá, y se la llevo por que le gustaba y después de dos meses se la devolvió a su marido por qué mi mamá le dijo que estaba preñada, y que era de él. Si papá Pedro, ahora si quieres me puedes mandar a matar, pero te digo que tú si eres un degenerado, mal padre, y un hombre malo. A ti si te cae bien el nombre de Gavilán,.......

Por qué toda mujer que caía en tus garras te la llevabas para tú nido preferido la "casa vieja". No le hagas caso papá. Raquel á sido toda su vida una amargada. Miren quien habla. Flor Fontana, la señorita de la casa, pero es una lástima que tú no sabes tú historia. (Rápidamente Sauri se levantó de su silla y se acercó a Raquel). ¿Entonces Raquel tú y yo, somos hermanas? Así es Sauri, y solamente Dios sabe que por culpa de este mal parido cuantos hermanos somos en total. ¿Por qué no me lo dijiste antes, me hubieras hecho muy feliz? No te lo dije por miedo a estos Gitanos, hubieran sido capaz de matar a toda mi familia. Querida Raquel aquí la única que está diciendo mentiras eres tú, por qué tú nunca te has atrevido a decir lo que sientes por Domingo, dilo que siempre has estado enamorada de él. Aracely no me provoques por qué toda Bahía Chica saben que Ramiro, y Domingo son tus Amantes predilectos. Maldita bastarda, te voy a sacar la lengua. (Como poseída por alguna fuerza extraña Aracely quiso acercarse a Raquel, pero Don Pedro la sujeto por los hombros, al ver que Raquel sacaba un filoso Puñal de sus Botas). Acércate maldita que hace años que quiero verte sangrar. Por favor señorita Raquel, guarde usted ese puñal. (Le pidió muy amable el señor Corregidor). Yo diría que tú Aracely ya perdiste a Domingo, y solamente te queda el consuelo de Ramiro. Y tú Florecita la verdad que nunca tú has querido a Domingo. Por qué Domingo a quien quiere es a Sauri, a ti no. Mira Raquel. Tú y Sauri son un par de malas agradecidas, gracias a mi papá nunca pasaron hambre. Flor que necedades hablas si tú nunca estuviste cerca para ver las orgias de tú familia, y nunca tuviste que levantarte a las cinco de la mañana para trabajar en el campo como nos obliga tu papi querido. Mira Raquel para de llorar, lo que se refiere a mí las dos se pueden quedar con Domingo, yo me voy para España, y no quiero saber de ustedes ni de este caza mujeres. Papi tan pronto pare de llover me voy para la Capital, y no pienso regresar a Bahía Chica más nunca en mi vida. Quiero irme lejos donde nadie me recuerde que estas dos bastardas son mis hermanas. Por favor Yanyi dile a la gente que está esperando afuera que sigan caminando hacia la "casa vieja". Si mi Capitán, enseguida les digo lo que usted ordena. Me perdonan si no he hablado nada me siento un poco nervioso. (Dijo Ramiro con palabras entrecortadas). Á de ser por la muerte de mamá. ¿Usted ha dicho que su señora madre a muerto? Así es padre Fermín, mi papá la encontró muerta aparentemente es un asesinato. El señor Corregidor cree que el criminal es Ismael, o uno de la familia. ¡Jesús qué barbaridad! Si usted quiere ver el cuerpo, este se encuentra en la primera habitación del pasillo de abajo. (Todos se quedaron en silencio mirando como el padre Fermín se hacia la señal de la cruz, pero Aracely muy impaciente le grita al señor Corregidor). Muy bien ya que todo está bien claro que un medicó tiene que examinar el cuerpo de mi cuñada, y que Sauri y Raquel son hijas de Pedro. ¿Señor Corregidor que otra cosa quiere usted que suceda? Como usted no me contesta por lo pronto Sauri, y Raquel se pueden largar de mi casa, no las quiero aquí,.. Tampoco en la casa vieja. (Don Pedro ya no decía nada parecía que el mundo se le había derrumbado encima, y había perdido el habla, cuando otro ruido fuerte se sintió en la sala, y Yanyi entro en el comedor gritando). Don Pedro el viento está rompiendo las ventanas de la casa, y el agua se está metiendo por la sala. Despierten todos y terminen con esta reunión, por qué estamos en peligro. Si vámonos todos para la casa vieja. (También grito Don Florencio tomando a Jacinta por una mano, todos se pusieron de pie rápidamente, pero Aracely agarro a Domingo por un brazo y le gritaba muy estérica). No Domingo. Tú no puedes irte y dejarme aquí sola, tu eres mío. No se te olvide que yo te hice el hombre que eres hoy. Suéltame Aracely. Yo no soy tulló, así que olvídalo porque todo aquello quedo en el pasado. ¡Ingrato que eres! Antes no pensabas así cuando te metías en mi cama y buscabas el calor de mi cuerpo, pero ahora dices que no me quieres por qué Sauri dice que te va a parir un hijo, que solamente Dios sabe de quién es.

Domingo eso es verdad, Aracely tiene mucha razón mejor te quedas con ella, porque mi hijo es mío solamente. Ven Yanyi busquemos a Palomo, también tu Raquel vámonos de aquí. No Sauri, todavía yo no he terminado en esta casa. (Le contesto Raquel a Sauri en una forma molesta, y acercándose a Domingo le grita desesperadamente). ¿Cómo es posible que tú te hayas acostado con la mujer que mato a tu mamá, y a Aquarina?

¿Es verdad lo que tú dices Raquel? Si es verdad Domingo, Aracely mato a Aquarina, y a Crisol. Domingo ella está mintiendo por favor no le hagas caso porque la única que te quiere, y te ha esperado siempre soy yo. Domingo yo siempre te voy a querer. ¿Es que no puedes ver que las dos se han puesto de acuerdo para separarnos?(Aracely en su desesperación ya se agarraba de los hombros de Domingo al ver que este no le contestaba, mientras que Domingo buscaba la verdad en los ojos de Raquel). Echa es mejor que resuelvan ese problema en la casa vieja, por qué estamos en peligro de muerte. Espérate un momento yanyi, y no te desesperes porque yo tengo que decirle la verdad a domingo. Mira Domingo aquel mediodía que a Ismael le toco buscar el Almuerzo, y que Sauri y tú se quedaron esperando por qué yo fui a buscar a Ismael, porque se estaba demorando demasiado cuando yo encontré a Ismael ya él estaba en el suelo sangrándose, y Aracely le iba a disparar otro tiro para asegurarse que estaba muerto. Yo corrí y me tire sobre Ismael, lo cubrí con mi cuerpo y le rogué Aracely que no lo matara, y Aracely me contesto en esta forma. Maldita a ti también te voy a matar igual como mate a las otras, pero en ese momento llego Don Pedro y le arrebato el arma de su manos. A mí me llevo con mi mamá, y para que yo mantuviera silencio todos los meses le daba dinero a mi mamá para que yo no hablara. Señora Raquel si es verdad todo lo que usted dice con otro testigo más, y la llevamos a la Horca. Pero señor Corregidor si toda Bahía Chica sabe lo que paso aquel día,.. hasta tío Florencio lo sabe y también la negra María por qué ella estaba allí en la casa vieja cuando Aracely las mato. (Como una Leona herida

Sauri se acerca a María que mantenía la cabeza baja).
María tú lo sabias todo y yo crecí a tu lado, y nunca tuviste
el valor para decirme la verdad. Que cruel han sido todos
ustedes en callar la verdad, yo estoy segura que algunos
de ustedes callaron por el dinero, y otros por cobardes que
son. (Las lágrimas brotaban de los ojos de Sauri, mientras
que Aracely separándose de Domingo se arrimaba más a
la pared mostrando una leve sonrisa en la cara. Mientras
que la negra María hablando de poquito a poquito le dice
a Sauri). Yo también mantuve silencio por miedo, miedo
por ti por mí. Muchas veces estuve tentada en decírtelo,
pero Casimiro me dijo que no hablara porque en todo
esto había una maldición, que después que pasaran los
nueve años todo quedaría al descubierto como la luz del
día. ¡Malditas creencias que tienen todos ustedes! ¿Es que
ustedes no piensan cuando van hacerle un mal a un ser
humano, o es que tienen el Corazón tan negro que ya
no pueden ver el sufrimiento humano? Mi niña Sauri yo
nunca te hecho nada malo. No le creas Sauri. Cállate la
boca Raquel, tu eres más peligrosa que un bicho. Te repito
Sauri que no le creas a María por qué a mí me han dicho
que cuando Don Pedro fue a casarse con Aracely, maría
era la Nana de Aracely, y se querían tanto que Aracely
se la trajo a vivir a la Hacienda, pero aun así que Aracely
es malcriada con ella, y la trata muy mal la negra María
no ha dejado de quererla. (Ya María había cambiado de
semblante y en su cara solo mostraba rabia, y odio para
Raquel). Sabes Raquel fue un error de mi parte que aquel
día le pedí a Don Pedro que mi niña Aracely no te matara
como un animal, pero así tenía que ser, y ahora estas aquí
echándome peste yo que te salve la vida, pero la próxima

vez no vas a tener la misma suerte por qué yo misma te voy a matar si te atreves a tocar a mi niña Aracely. ¿Pero María como has podido esconder todos estos sentimientos por Aracely y yo no darme cuenta? (María no le contesto a Sauri, mientras que Aracely parecía más calmada, Domingo se le acerco). No te creas que estas a salva,

Si es verdad todo lo que se ha dicho de ti, te juro que la pagaras con la Horca, y si no es así te mato con mis propias manos. Estas equivocado Domingo, por qué yo no mate a tu mamá, tampoco mate Aquarina. Fue tu tío Pedro quien las mato. Mentiras fuiste tú quien las mato. Pero Pedro, Amorcito fuiste tú no lo niegues. Señor Corregidor le puedo hacer una pregunta. Apúrese usted señora Aracely,.. que esta situación no es muy buena, y el mal tiempo es desesperante. ¿Según ustedes los Jueces, en las Cortes cuando no hay suficientes pruebas materiales para encontrar culpable al acusado, entonces tiene que haber dos testigos ocular que puedan testificar que es verdad, así que uno solo no es suficiente? Así es la ley señora Aracely. Mire usted señor Leonardo, Raquel dice que yo las mate, y yo digo que no fui yo, que mi esposo Pedro las mato. Si hay otro testigo pregúntele quien mato a esas Indias. (El señor corregidor se acercó a María). María diga usted la verdad. ¿Quién mato a las dos Indias? Don Pedro las mato, yo lo vi con mis propios ojos. ¡Eso es mentiras lo que María dice! Yo no las mate, fue Aracely quien las mato, yo solamente le quite el arma de sus manos para que no siguiera matando a alguien más porque en ese momento estaba poseída por algo malo, y solamente lo único que quería era seguir matando. (Todo esto lo decía Don Pedro muy enfurecido por las declaraciones de María, mientras la lluvia seguía cayendo y el viento aumentaba en intensidad. Aracely sonriendo le vuelve a preguntar al joven Corregidor). ¿Usted cree Leonardo que con estos dos testigos que no se ponen de acuerdo se puede encontrar culpable a alguien? Ríase ahora señora Aracely, pero la justicia siempre llega, y si usted cometió el delito espérela. Señor Corregidor por favor escúcheme. Diga usted Capitán. Es mejor que deje estos pendientes para más tarde aquí en esta casa todos corremos peligro, el Huracán es más fuerte según van pasando las horas y ya de por si los caminos están inundados, a lo mejor en la casa vieja donde ocurrió el crimen puede que usted encuentre alguna prueba muy sólida para acusar a uno de los dos. Así que vamos hacia los Caballos. (Todos caminando poco a poco se dirigieron hacia el establo). Por favor Domingo, no me dejes sola. Aracely si en ningún momento he pensado dejarte sola. Desde ahora en adelante vas a estar cerca de mí a las buenas, o a las malas hasta que estos crímenes se aclaren y yo este seguro quien de ustedes dos es el culpable. Si eres tú, o tío Pedro. Por favor Domingo llévame hacia Bahía Chica, a la casa vieja yo no quiero ir. ¿Por qué Aracely, di por qué no quieres ir a la casa vieja? Por qué la casa vieja tiene un maleficio,.. La casa vieja esta Embrujada, Casimiro se lo dijo a María. Si la casa vieja esta Embrujada solamente tú, y tío Pedro tienen la culpa de todo lo sucedido allí. Así que tú vas a ser la primera que entre en la casa vieja. (Domingo levanto Aracely por la cintura y la cargo, mientras que María protestaba casi llorando). Suelta a mi niña, tú eres un salvaje igual que todos los Gitanos de esta familia (Sin hacerle caso a María, Domingo llego hasta el establo, y cada uno monto su Caballo. El viento silbaba con fuerza y hacia que algunos Canelos se doblaran. Ya la oscuridad de la noche empezaba a caer cuando todos llegaron a la "casa vieja").

(SEGUNDA PARTE) EL MALEFICIO DE LA "CASA VIEJA".

★★

(LA "CASA VIEJA" con sus paredes de piedra, techo de teja sólida y piso de mármol Español, y con sus puertas, y ventanas largas de hierro puro, pero la casa vieja se mantenía firme a pesar de sus años, y la humedad inclemente de la selva. Los trabajadores de la Hacienda ya se encontraban en el viejo establo acomodando a los animales, y también a los pobladores de Bahía Chica. Don Pedro Fontana abrió la puerta grande de entrada a la casa vieja, y Domingo empujo a Aracely hacia adentro, y los demás entraron rápidamente huyendo a las ráfagas del viento. Todos se quedaron en silencio al ver aquella sala tan grande construida al estilo Español, sus largas cortinas, y sus ventanas con hermosos gravados artísticos en hierro, destacando el arte Colonial de aquella época, también colgando del techo estilo Catedral una Hermosa lámpara de gas, con bellas lágrimas de cristal fino. La escalera ancha y larga construida de mármol daba del lado derecho de la sala hasta el segundo piso de la casa vieja. Y sus hermosas pinturas colgando de las paredes, y sus muebles viejos, toda la casa vieja en si hablaba de una generación de Gitanos, seguida tras de la otra, esas piedras guardan el recuerdo de un maleficio de toda una vida de trabajo sin fruto positivo, y sueños no materializados y hoy, precisamente hoy, lo espiritual regresaba a la casa vieja a cobrar su deuda por el maleficio que le hicieron a los hijos). Carlos ven aquí. Mande usted joven Domingo. Saca la gente del establo, y los acomoda en la casa. ¿Usted quiere que meta a toda esta gente en la casa vieja? Sí. Aquí van estar más seguro que en los establos. Deja las lámparas grande del techo apagadas y prende los Candelabros, y mantenlos lejos de las cortinas. Tenemos que evitar cualquier fuego. Si joven Domingo, como usted mande. (Ya Florencio había acomodado a la viuda Jacinta y sus hijas, mientras que Don Pedro parado en el medio de la sala, le gritaba a todos según iban entrando). No quiero a nadie en la habitación que era de mis padres, y tienen que apresurarse que no quiero que la lluvia entre en la casa. (Flor Fontana rápidamente se acomodó en una de las habitaciones de arriba, lo mismo había hecho Aracely que constantemente miraba hacia la cama). ¡Condenada casa!.. lo que es esta noche no voy a poder dormir tranquila. Nunca pensé regresar aquí otra vez, mañana temprano daré ordenes que derrumben esta maldita casa vieja de una vez por todas, ahora tengo que buscar la forma de hablar con domingo a solas. (Aracely abrió la puerta de la habitación, y vio la gente de Bahía Chica acostada en los pasillos). Nada más faltaba esto que Pedro permita que toda esta chusma de Indios pasen la noche en la casa, y con nosotros. María, Yanyi,.. Donde se han metido estas condenadas mujeres. ¿Aracely por qué gritas tanto? Querida Flor a ti no te importa así que puedes seguir durmiendo, pero si me ayudas a escaparme de la casa vieja te digo un secreto de familia. Lo que es esta noche ninguna de las dos pueden escaparse querida Aracely. Tú Ramiro, como siempre en el medio. Déjanos solas, a ti no te importa lo que Flor y yo estemos hablando. No es que me importe mucho, pero es interesante saber lo que están planeando. Por favor Aracely, no discutan más,

Es mejor que entremos en mi habitación por qué aquí en el pasillo no podemos hablar. (Los tres entraron en la habitación de Flor, y cerraron la puerta). Bien Ramiro, te pago cincuenta mil pesos, si esta noche me llevas a Bahía Chica. ¡Estás loca Aracely! con este Huracán, ni los Indios se atreven a salir de sus cuevas. Me gusta mucho el dinero, pero mi vida esta primero. Ya sé que te gusta mucho el dinero, pero dime. ¿Ya encontraste el testamento de Carmen? No te hagas el bobo y contéstame. Tú y yo somos los únicos con interés de que ella muriera, y yo no la mate, pues tuviste que haber sido tù. Te vuelvo a repetir que tu estàs loca Aracely, como se te ocurre que yo voy a matar a mi propia madre. Tú la mataste Ramiro, porque tú no eres hijo de Carmen. Es increíble lo que estoy escuchando, y me niego a creer las cosas que tú dices. Me lo imagino que ya no te importa lo que yo diga. Y tu querida Flor siéntate por qué vas a oír muchas cosas que no te van a gustar. (Flor obedeció a Aracely, y se sentó en la cama mientras que Ramiro un poco nervioso le decía a Aracely). Antes de que sigas hablando te repito que yo no mate a mamá. Querido Ramiro yo si conozco toda tu vida, cuando Carmen estaba a punto de dar a luz, mando a uno de sus sirvientes que fuese a Puerto Nuevo, y comprara un niño blanco de esos niños que algunas madres paren y después no lo quieren, pues el sirviente te compro a ti Ramiro, porque Don Luis Cabeza le había dicho a Carmen que si era macho, el seria el hombre más feliz del mundo, pero si era hembra no la quería. Y fue hembra, y Carmen por complacerlo cambio la niña, por el niño que el sirviente trajo esa noche a la Hacienda. Ta ta...tatata ta. Están tocando en la puerta, y es papá voy abrir. Todavía no querida, que se esperen un poco más por qué aquí nadie abre esa puerta hasta que yo termine de decirte toda la verdad, y que yo me desahogue, y saque todo este odio que tengo por ustedes los Fontana. Porque todos ustedes siempre me han echado a un lado. Cállate Aracely no quiero oír tus mentiras, por qué tú lo que estas dolida por Domingo que prefirió a Sauri y no a ti, y yo estoy muy bien mis ambiciones son muchas, y más grandes que las de todos ustedes, y se pueden quedar con la Hacienda, y también con Bahía Chica que yo me voy a estudiar a España. Si Flor tú te vas, pero antes te voy a decir que Pedro no es tu padre. Estas mintiendo Aracely, quítate del medio que quiero abrir la puerta. Querida Flor no te estoy mintiendo. Tu eres la niña que Carmen pario aquel día, y te cambio por Ramiro. Ahora ya puedes abrir la puerta. (Aracely se apartó de la puerta, y le cedió el paso a Flor que muy angustiada la abrió para toparse a su familia en el pasillo, y mirando a Don Pedro le inquiere). Di que es mentira todo lo que ella me a acaba de decir. Si es verdad todo lo que te ha dicho, pero yo te quiero como si fueras mi propia hija. ¿Porque lo hiso, por qué usted se prestó a esta farsa cuando usted sabía que tenía a Raquel, y además después tubo a Sauri? Flor yo te voy a contestar por que Pedro lo hiso. (Le dijo Sauri en tono desafiante). Pedro te prefirió a ti simplemente por qué tu eres blanca de piel y nosotras somos mestizas, y nuestros Abuelos los Fontana querían nietos de raza pura y Gitana, salvajes que fueron igual como son sus hijos hoy. Si eso es lo que son nuestros padres que de Gitano no tienen nada, porque la verdadera raza Gitana es fiel, y adora a sus hijos, y son muy religiosos, pero ustedes lo que son una partida de Gavilanes.

Por lo pronto los animales se multiplican por la gracias de Dios, pero ustedes se han multiplicados por la pasión de la carne, y nosotros somos el fruto de su pecado, y han tenido el atrevimiento de escogernos por el sexo, y por el color de nuestra piel. Don Luis no quiso a Flor por ser hembra, y usted Pedro no quiere a Raquel, tampoco a mí me quiere por qué somos mestizas. Y usted Don Florencio es muy probable que quiere a Domingo por qué es barón y es el único hijo que ha tenido. (Las lágrimas brotaban de los ojos de Sauri mientras hablaba y pasándose las manos por la cara abrazo a Yanyi como lo hacen las hermanas, y Flor acercándose al Corregidor le dice). Señor Leonardo, entre Aracely y Ramiro andan buscando el testamento de la que hoy dicen que es mi madre, la señora Carmen. (Bruscamente haciendo espacio Ramiro se les acerco). Mire usted señor Corregidor, es cierto que yo sabía toda la verdad y mantuve la boca cerrada por conveniencia personal, también es cierto que Carmen nunca me quiso como a un hijo se debe querer sin embargo yo no la mate. Y no hay pruebas que me acusen,.. Y tampoco se quien la mato. Y ahora con su permiso me voy para mi habitación allí pienso estar en caso que usted me necesite por qué con este Huracán no voy a salir a ninguna parte. ¡A mí no me mire Leonardo! Porque no la voy a mirar señora Aracely, si usted también es sospechosa igual que los demás. Mire Leonardo ya le dije que para mí Carmen murió de muerte natural, y usted no puede acusarme. No pierda usted el sueño señora Aracely le aseguro que en poco tiempo conseguiré las pruebas. Y usted señorita Flor, tenga usted el testamento de su difunta madre, un par de horas después de retirarse a su habitación la señora Carmen le entrego al Sargento Pérez su testamento para que yo lo validara y se lo entregara a usted o a la señorita Carmín. Lo estuve revisando un poco y puedo decirle que la señora Carmen le deja toda su fortuna a usted, y a su hermana Carmín. Incluyendo la parte que le corresponde de los Fontana, y la Finca que tiene en la selva. ¿Y a mí que me dejo? Nada señor Luis, y tampoco a su hijo Ramiro. Señor Leonardo. Mande usted señorita Flor. Usted puede hacerse cargo de repartir por partes iguales lo que nos pertenece a las dos, yo le aseguro que mi hermana Carmín y yo, estaremos en Puerto Nuevo hasta que todo quede arreglado, y mi hermana y yo le pagaremos por su trabajo, y el tiempo invertido. Como usted ordene señorita Flor, mis servicios están a su disposición. (Flor Fontana cerro con delicadeza la puerta de su habitación, y un momento de silencio reino entre todos). Será mejor que todos tratemos de dormir un poco más por qué este Huracán, parece que es para toda la noche, así que busquemos un poco de calma, y reposo. (Todos obedecieron al señor Corregidor, y empezaron a bajar por la escalera, pero Sauri se acercó a Domingo y le agarro las manos provocando los celos de Aracely). Domingo ven a mi habitación que tengo que hablar contigo. No Domingo, no entres en su habitación por qué ella fue la que mato a nuestras madres. Tú no te metas Sauri. Ya te dije que Domingo es mío, solamente mío. ¡Mentira! Domingo no puede ser de una mujer que ha sido Amante de todos los hombres de Bahía Chica. Además tú eres una mujer vieja. ¡¡Cállate la boca que yo no soy una mujer vieja!! (Sintiéndose ofendida en lo más profundo de su vanidad, y herida en su interior, de los ojos de Aracely brotaron las lágrimas, pero Sauri,

Siguió martillando en su venganza). Ven Aracely y mírate en este espejo, y mírame a mí para que veas la diferencia de caras y de edad, porque Domingo y yo somos más joven que tú. (Sauri sujeto con fuerza el brazo izquierdo de Aracely, y la halo hasta el antiguo espejo que está colgado en la pared del pasillo. Aracely se miró en el espejo y se arregló un poco sus cabellos, haciendo resaltar un poco su belleza de mujer atractiva, y elegante). Tu estas equivocada, todavía me quedan muchos años para seguir haciendo feliz a Domingo, y a cualquier otro hombre joven que se acerque a mí con sus problemas emocionales, pero si te digo Sauri que la diferencia entre tú y yo no está en las caras, pero si está en el comportamiento. Tú tienes una cara de India bonita, y dulce, y yo tengo el porte de una mujer blanca y hermosa, elegante en sus pisadas, y firme en su presencia. Tú raza y pobre educación, no te permite exigirle mucho al hombre que venga a conquistarte. Sin embargo conmigo es diferente. O me lo dan todo, o no obtienen nada. aunque ustedes siempre se la pasan soñando con un Príncipe Azul, no pueden darse el lujo de esperar demasiado para casarse por qué sus padres siempre las cambian por dos Vacas, y un Burro. Sin embargo a mí me tienen que comprar con Oro fino de 24k. y en mí naturaleza me puedo dar el lujo de casarme cuantas veces me dé la gana. Pero tú no puedes hacer eso por qué tan pronto te cases es tu obligación de parir un hijo todos los años. Pero conmigo el matrimonio es muy diferente por qué cualquier marido, o macho que yo tenga siempre me dirá. No quiero hijos, no tenemos tiempo para cuidarlos, los negocios no me lo permiten, arréglate bien mujer que el señor Gobernador tiene una fiesta el próximo Domingo, y yo le contesto. Querido, pero no tengo nada que ponerme. Toma este dinero y compra el mejor vestido de la Comarca, pero a la gran fiesta del señor Gobernador no podemos faltar. Te das cuenta Sauri que tú y yo somos tan diferente que tú nunca te puedes comparar a mí, tu eres una India protegida por mi marido, y yo soy su esposa querida, su joya que siempre va a querer lucir en las reuniones de su alta sociedad, y tenlo por seguro que siempre va haber un hombre joven como Domingo con deseo de ser mí dueño y siempre dirá esta hembra tiene que ser mía, como es posible que ella este viviendo con ese viejo, y cuando se acercan a mí, yo los disfruto al máximo por qué,.. Porque el viejo que tengo como esposo solamente me sirve como un buen proveedor, para más nada sirve, pero con Domingo es muy diferente él es joven y sus Gladiolos tienen una energía que me la trasmiten cada vez que estoy en sus brazos, haciéndome sentir más joven noche, tras noche y con ganas de conquistar a todos los hombres joven del mundo. Por eso es que Amo a Domingo y no estoy dispuesta a permitir que una India recogida como tú me lo quite. Antes que eso suceda te lo juro Sauri que yo te mato, pero este Gavilán es mío. Me das mucha lastima Aracely, por qué tu vanidad de ser una mujer blanca no te deja ver la Belleza interior que nosotras las pueblerinas llevamos por dentro, por qué tú también eres una mujer de pueblo, solamente que la vida te dio la oportunidad de casarte con un hombre rico, sin embargo la riqueza de ese hombre se volvió sangre en tus manos. Si es verdad, y yo no pongo en duda que Domingo te haya Amado con pasión desenfrenada, por qué te digo que por fuera tu Belleza es impresionante, pero por dentro tus sentimientos son negros.….

Como tu Alma. Como es posible que no puedas darte cuenta que el Amor de la mujer pueblerina es para un solo hombre nada más, y que ese Amor es bendecido por la gracia del "espíritu santo". Desde el instante que entregaste tu templo a otros hombres, tu Amor por Domingo se volvió negro como tu pecado, y ahora mismo no encuentras paz en tu espíritu. Porque todo lo que te rodea es maligno, y mentiroso. ¡Mírate en ese espejo! Porque un día a de acontecer y toda tu Belleza blanca va ir a parar a un cementerio para blancos nada más, pero no importa en qué cementerio te entierren, por qué blanco, Indio, o negro todos llevamos la misma vestidura, la diferencia es la magnitud del pecado, y ser sincero de arrepentimiento. ¡¡Suéltame Sauri!! Yo no sé con quien aprendiste todas esas cosas que me dices, pero te aseguro que a mí no me vas a fregar mí cerebro para que yo me olvide de domingo, y eso nunca va a suceder, pero si te prometo que tan pronto termine este Huracán, voy a mandar a quitar todos los espejos que estén colgados en las paredes de la casa vieja. Porque aquí la única aburrida, y que se está poniendo vieja eres tú Sauri. (Sin percatarse

Aracely volvió a mirarse en el espejo, y rápidamente se apartó del espejo, y un miedo de espanto se reflejó en su cara). ¿Qué te sucede Aracely, es que no te gusta tu propia cara?. Déjame tranquila Sauri. Por favor Domingo acompáñame en mi habitación. Muy bien Aracely, voy a oír lo que me tienes que decir, pero te advierto que no te hagas ninguna ilusión conmigo por qué yo también quiero saber si tu mataste a mamá. No la acompañes Domingo. ¿O es que no te das cuenta que Aracely es una Bruja vieja? ¡Tú eres la única vieja que hay en esta casa, y para el colmo estas preñada y no sabes quién es el padre de tu hijo ¡ Lo más probable que tu hijo sea un bastardo igual que tú. Vamos Domingo, por qué Sauri tiene un ataque de celos. (Raquel había sujetado por los brazos a Sauri, mientras que Aracely acompañada por Domingo se retiraba a su habitación, Don Pedro desde la escalera miraba a Sauri con mucha tristeza y le dice). No te preocupes Sauri, porque ella nunca se quedara con él, te lo prometo. Mire Pedro usted no prometa nada por qué usted siempre á sabido que Aracely y Domingo son Amantes toda la vida, y usted no tiene eso que dicen los hombres que tienen para evitarlo. Además quien me puede asegurar que ustedes dos no mataron a nuestras madres, y todo esto es un drama para que no los castiguen. ¡Yo no fui Sauri! Y si yo hubiese sido quien las mato tampoco me harían nada. Tú misma sabes que por estas tierras el hombre blanco de vez en cuando mata algún Indio, y no hay ley que los castigue, por qué el dinero es preferido por todos, y cuando es una cantidad mayor tiene más fuerza que cualquier Corregidor. Así que no quiero que me vuelvas acusar por qué dinero es lo que me sobra y puedo comprar más que un Corregidor, puedo comprar la Corte completa, si es necesario lo hago por qué tu sabes cuánto yo Amo Aracely, y por ella yo doy mi vida. Mis padres nunca estuvieron de acuerdo conmigo, pero eso no me importo y si hasta ahora he llegado hasta aquí con ella te aseguro Sauri que estoy dispuesto a volverme un criminal, pero Aracely es mía hasta el día que yo muera. Los tiempos han cambiados, pero la necesidad, y el dinero siguen igual que antes y siempre hay quien mate por dinero, se lo advierto a ustedes dos que son mis hijas. No me pongan a escoger entre ustedes dos y Aracely,

Porque el Gavilán cuando tiene hambre no le importa la familia, y para mi primero es Aracely. así que no se hable más de este tema y si ustedes insisten en lo mismo cuando termine este Huracán se van de la casa vieja, no las quiero cerca de Aracely. Ya puedo darme cuenta cual es la debilidad del señor Don Pedro, pero no le hagan caso eso que dijo él es mentira, no todos los Corregidores se venden, y yo soy uno de ellos que no permito que el dinero me compre el Alma. No tenga pendiente señor Corregidor, que si la ley de la Corte no se aplica entonces rige la ley de la Selva. Ojo por ojo,.. Diente por diente. (Las palabras de Raquel dejaron muy pensativo al joven Corregidor, mientras que Don Pedro sin ninguna sonrisa en su rostro, y con la seriedad que lo distingue entre los Fontana, entro en la cocina de la casa vieja buscando a María. Allí estaba María sentada, y pensando. El fogón estaba apagado y no había leña seca para quemar, afuera la lluvia, y el viento continuaba). ¿Porque mentiste María? Tenía que defender a mí niña, además ya estoy cansada de esta forma de vida. Siempre te dimos todo el dinero que tú has querido. Dinero,…Siempre quieres comprar todo con el maldito dinero y eso hace que tus pensamientos sean más oscuros, y no veas la realidad de la vida. ¿Maldita mujer, de que realidad me hablas? Usted tiene que echarse toda la culpa, así mi niña no tiene ningún problema con el hombre vestido de negro. ¡Estás loca! Tan pronto los Indios se enteren de la verdad nos matarían uno a uno. ¿O ya se te olvido lo que le hicieron a Francisco? Pero mi niña no va a pagar por algo que fue su culpa. Usted le enveneno el Alma a mi niña, lo único que su sucio dinero y usted no pudieron hacer fue conquistar su Corazón, por qué ella ya se lo había entregado a Domingo, con todo su Amor. ¡¡Cállate mujer, o soy capaz de matarte ahora mismo!! No quiero. Total si la muerte silencia todo sufrimiento que sale por la boca, entonces el Alma se glorifica de ser libre, pero usted Don Pedro nunca va a saber lo que es estar libre de pecado, porque usted es el Gavilán macho que no sabe cuidar a su familia, y solamente piensa en matar, comer, y hacer hijos sin importarle si viven, o mueren. Si es verdad que quieres tanto Aracely échate tú la culpa de todo, y yo te prometo que te escondo en un lugar seguro donde nunca te van a encontrar, total en este territorio quien se va a ocupar en buscar a una negra. Orgullosa estoy de mi color, pero no soy estúpida, por qué yo sé muy bien en qué lugar usted quisiera esconderme, pero esta negra está segura que usted Don Pedro va entrar al Cementerio primero que yo. Por lo pronto eso me lo aseguro Casimiro. No te creas que le tengo miedo a las predicciones de ese Indio Brujo. Tan pronto termine este Huracán voy a pagar para que lo maten en la calle como un perro, así libro a Bahía Chica de un Brujo menos.

Don pedro tus amenazas nunca saldrán de estas paredes, porque el mayor error que hiciste es regresar a la "casa vieja" que te recuerda los maleficios de tus antes pasados. Como todo buen criminal, regresaste al mismo lugar donde cometiste el crimen, y ahora quieres callarlo todo con el sucio dinero, pero no te das que eres un criminal en potencia de volver a matar si no logras tus deseos pecaminosos por qué en ti ahora mismo todo es mentiras, igual que tu sucio dinero. Pero mi querido Don Pedro no se preocupe. Usted sabe que no le va a suceder nada, quien se va a preocupar por dos Indias que hace años están muertas. Se acuerda usted Don Pedro,

Que así fue como usted me dijo. Hoy el espíritu de Crisol, y de su amiga Aquarina se encuentran en la casa vieja. Y están aquí en la cocina donde sucedió todo, ahí donde usted está parado las dos estaban cocinando, preparándole el almuerzo a sus hijos. Y qué diablos me importa si yo no las mate. Aracely las mato, y tú lo sabes muy bien. Mi Aracely, toda su vida mi niña a estado enamorada del joven Domingo, pero usted con su sucio dinero, y a la fuerza se metió en el medio de los dos. ¿Hasta dónde piensa llegar con su maldad? Porque lo único que usted quería era que mi niña Aracely matara a Crisol, para así usted vengarse de Domingo. Cállate María, y no me provoque. ¿Dígame Pedro por qué usted no mato a Domingo, porque le hubiera sido más fácil? No se atreve a contestarme, pero yo se lo voy a decir. Primero por qué Domingo estaba muy jovencito. Segunda y tercera, por qué Domingo es el único hijo de su hermano Florencio y si usted se lo mataba entonces usted y Florencio, tendrían que matarse. Por eso usted le hiso creer a mi niña, que

Crisol se iba a llevar al joven Domingo para el otro lado del Volcán, y que nunca lo volvería a ver otra vez. (María ya se había puesto de pie, y le daba el frente a Don Pedro que le hacía señas para qué bajara el volumen de su voz). Si Pedro, pero usted nunca pensó que Aquarina moriría también ese día. Y que Ismael quedara gravemente herido, y que su hija Raquel estuviera allí para defender a Ismael. Todos sus planes le salieron mal Don Pedro. Será mejor para usted que mañana se vaya de la casa vieja, porque tan pronto ese joven Gavilán se entere de toda la verdad, lo va a cazar como presa buena para vengar la muerte de su madre. Y usted sabe que los Gavilanes cuando tienen sed de sangre no les importa la familia, por eso es que todos ustedes son iguales a sus progenitores, y el joven Domingo lleva muchos años esperando por esta oportunidad y cuando se entere que Dios tenga piedad de la familia Fontana. Te vuelves a equivocar María. Porque ninguno de ellos tienen pruebas de lo sucedido a menos que tú se lo digas, por qué tu eres la única testigo ocular, y tú no vas hablar por qué te pueden matar a tu niña Aracely. verdad que tú no harías tal cosa, por qué tú quieres mucho a tu niña. Así que lo mejor que le puede pasar a tu niña es que tú te esfume de la casa vieja, por qué si tú hablas no se te olvide que yo también soy un Gavilán en potencia para matar y tu niña puede correr peligro de muerte. Así que yo te aconsejo que tan pronto termine este mal tiempo que se ha convertido en una pesadilla para todos te largues de la casa vieja, por qué a ti también te puede matar el loco Ismael. Más bien Don Pedro yo diría y se lo vuelvo a repetir, quien tiene que irse de la casa vieja es usted: No María. Yo no me voy, yo quiero mucho

Aracely y he luchado mucho por ella, pero de estas tierras yo no me voy, y tampoco se ira Aracely por qué ella es mía. Me entiendes María, ella es mía y de más nadie y quien se interponga entre los dos yo lo mato. ¿Pedro y a mí también me vas a matar? ¡Sauri! Ya me imagino que lo oíste todo, no se te quita la costumbre de esconderte para escuchar lo que no te importa. Si lo he oído todo y me importa, pero no me sorprende tu actitud, ya lo presentía y es verdad que me duele saber que Domingo y Aracely siempre se han querido. Lo que no comprendo es por qué María defiende tanto a Aracely, y tu Pedro ya sé que eres capaz de matarme por defender al veneno de tu vida. María te pido de favor habla ya,

¿Porque es ese Amor que has tenido guardado para Aracely, y por qué la defiendes en esa forma? Es mejor que yo me retire de la cocina. Yo me voy a dormir ya ustedes dos se conocen, y están muy sentimentales. "No corras mucho Gallo viejo, que el Gavilán es más joven que tu". (Don Pedro miro a María con odio en su rostro, más a pasos rápidos se metió en la oscuridad de los pasillos. Sauri se acercó un poco más a María, como queriendo sacarle las palabras de la boca). María yo termine criándome a tu lado, y yo siempre te he querido mucho. ¿Qué es lo que tú sabes que yo no sé, y por qué siempre yo soy la última persona que se entera de las cosas? Siéntate Sauri, y tu Yanyi y Raquel no se escondan y vengan para acá. Si doña María, pero como usted sabía que yo estaba escondida. Por favor Yanyi siéntate y para ya de opinar. Pongan atención lo que les voy a decir. Apenas tenía veinticuatro años mi niña Aracely, cuando se casó con el desgraciado de Don Pedro. Fue una boda arreglada. Yo conocí al papá de mi niña Aracely, cuando ellos vivían en una Aldea muy cerca de la frontera. Yo empecé a trabajar para ellos, pero una noche el padre de Aracely se metió en mi cama y como hombre al fin tubo más fuerza que yo, y me violo. Tantas veces se acostó conmigo que quede preñada, y cuando di a luz fue una niña de piel blanca. Ellos se mudaron para Bahía Chica y me toco venir con ellos. Entonces él le dijo a su esposa que bautizaran a Aracely como hija de los dos y a mí me dijo que me callara la boca, o me la quitaba para siempre. "Como para estas tierras ser Indio es un pecado, pues ser Negro es la muerte". Yo mantuve silencio y me conforme con cuidarla, y así pasaron los años y ustedes creciendo, y creciendo juntos. Ya la difunta Carmen le había entregado a Pedro su hija Flor, y Pedro la criaba como si fuera propia de él. Un día yo me di cuenta de las peleas entre Flor y mi niña, por Domingo. Después que ustedes terminaban de jugar Aracely esperaba al joven Domingo a la orilla del Rio, allí los dos se bañaban desnudos y yo los regañe, y Aracely me grito que amaba a Domingo hasta la muerte, pero Pedro hombre de mucho dinero, y con muchas experiencia con las mujeres, puso sus ojos en mi niña Aracely y con el venir de los años Pedro se ofreció casarse con Aracely y le dio mucho dinero al papá de Aracely lo suficiente para que se fuera del país, pero mi niña siempre fue muy posesiva y siempre busco al joven Domingo, y nunca ha querido tener hijos por qué tiene miedo que le salgan Negro igual que yo. Un día Pedro muy celoso por que no podía sacarle de su Corazón a Domingo, le dijo a mi niña Aracely que Crisol había decidido mandar a su hijo Domingo con las otras tribus que viven al lado del Volcán. Mi niña sufrió mucho cuando Pedro le dijo eso y cogiendo un arma de Pedro, se llegó aquí a la casa vieja, yo salí atrás de ella. Aracely encontró a Crisol y a su amiga Aquarina, aquí mismo en la cocina preparando el almuerzo de ustedes. Le reclamo a Crisol por qué iba a mandar a Domingo tan lejos de ella. Crisol le contesto que no sabía que Don Florencio tenía pensado hacer tal cosa, pero que era muy buena idea así Aracely lo olvidaría de una vez por toda. En ese momento apareció Ismael en la puerta de la cocina, y Aracely le apuntaba con el Revolver a Crisol. Resulto ser que Aquarina se dio cuenta y rápidamente se metió por el medio de las dos en el preciso momento que mi niña apretaba el gatillo del Revolver, dos tiros recibió Aquarina, uno en la cara y otro en el pecho,.........

Pero Crisol en vez de salir corriendo, se agacho para ayudar Aquarina que se desangraba en el piso, entonces Aracely volvió a disparar y le dio dos tiros por la espalda a Crisol. Ismael que estaba parado en la puerta al ver lo sucedido salió corriendo, pero mi niña Aracely como una poseída corrió atrás de él, y le pego un tiro en la cabeza, en ese momento apareció Raquel y mi niña le apunto con el Revolver, pero yo intervine y le pegue con un palo, y no deje que matara a Raquel. A empujones me lleve a mi niña Aracely de la casa vieja, y le hice saber a Pedro de lo acontecido, y después apareció Pedro acompañado con Don Florencio, y el resto de la historia ustedes ya la conocen. ¿Pero María por qué han esperado este Huracán para hablar, y decir la verdad? La verdad que yo lo hice por miedo a Pedro. Te imaginas si yo hablo él hubiese sido capaz de matar a mi niña Aracely, y después tu padre se encargó de comprar el silencio de todos los moradores de Bahía chica, a todos le dio dinero, y los amenazó de matarlos si decían la verdad de lo sucedido. Hasta el padre Fermín mantuvo silencio y con el venir de los años la gente de Bahía Chica fue olvidando lo ocurrido a las dos Indias, y a Ismael. María yo nunca he olvidado a mi madre Aquarina, y en la forma que murió me dejo un trauma de justicia, que hasta ahora la lloro, pero más me duele que tanta gente se hayan vendido por un puñado de monedas, y que han olvidado tan rápido todo lo sucedido, incluyendo el padre Fermín que se suponía que siendo el cura de la Iglesia diera el ejemplo entre los moradores. Al padre Fermín fue el primero que Pedro amenazo de matarlo, y cerrar la Iglesia. ¿Y porque Florencio se quedó tranquilo, y por qué permitió que le mataran a Crisol? Sauri yo te voy a contestar esa pregunta. (Saliendo de la oscuridad del pasillo Florencio entro en la cocina muy decidido a contestar las preguntas de Sauri). Mira Sauri en aquellos tiempos cuando ocurrió el crimen yo era un poco más joven y conocía muy bien a mis hermanos, naturalmente yo también soy un Fontana, o un Gavilán como nos conocen por aquí. Si en aquellos tiempos yo le llevo la contraria a mi hermano Pedro, entre mis otros hermanos y Pedro nos hubieran matados a todos, y hoy yo no estuviera aquí, tampoco ustedes estuvieran aquí tratando de castigar al verdadero culpable que son Aracely, y Pedro. Mi hermano Pedro es culpable por instigar y provocar el crimen, y Aracely es culpable por cometer el crimen, y yo soy culpable por qué teniendo conocimiento de antemano no hice nada por evitarlo por qué yo pensé que Aracely solamente iba asustar a mi Crisol. Te lo juro Sauri que nunca pensé que la sangre de Aquarina, y la de

Crisol se derramaran esa tarde, y me toco guardar silencio para protegerlos a ustedes. pueden preguntárselo al padre Fermín, que a él también lo amenazaron de muerte. Y que todos tuvimos que callarnos o mis hermanos podían matarnos sin compasión alguna, y todos nos aprendimos la misma oración para cuando alguien nos preguntara, "fueron unos bandoleros los que las mataron". (Don Florencio no dijo más nada, y María se acercó a Sauri y le toco las manos suavemente y se las apretaba mientras que le hablaba). Por favor Sauri, tan pronto termine este mal tiempo llévate a Domingo lejos de mi niña Aracely, y también de Pedro. María lo que es yo no puedo hacer nada, solamente esperar un milagro de Dios. ¡Echa y va a permitir que la Bruja de Aracely se quede con el Capitán Domingo! Si Yanyi. Que se quede con él.

Yo creo que Domingo ha encontrado a la mujer que siempre ha querido, lo malo es que cuando él este seguro que Aracely mato a Crisol a sangre fría, pues pobre de él, como va a sufrir. Sauri perdóname, pero no he querido interrumpir. Dime Raquel. Solamente quería preguntarte por Ismael. Tengo entendido que bien temprano Domingo le dijo a Carlo que acompañara a Ismael hasta la casa vieja, así que tiene que estar por aquí en alguna habitación, a menos que el señor Corregidor lo haya detenido por la muerte de la señora Carmen, y la casa vieja tiene tantas habitaciones que la verdad no sé dónde se encuentra. Sauri todo eso es mentira, por qué Ismael no tiene ningún motivo en las condiciones que él se encuentra para matar a la señora Carmen. Yo estoy segura que Aracely y su Amante Ramiro la mataron cuando no encontraron su testamento. Pero el hombre vestido de negro dice que fue el loco de Ismael, quien la mato. ¡Cállate la boca Yanyi! Que este Corregidor es igual que el otro que no sabe nada, y solamente lo único que quieren es dinero. No quisiera llevarte la contraria, pero a mí me parece que Leonardo es una persona que no se puede comprar con dinero, por qué él no se vende. Por favor Sauri en este mundo todos los hombres se venden y se compran por qué ya nacen con un precio marcado en la frente. En la forma que tú hablas Raquel, no te conozco. Mira Sauri, me parece que ya hemos pasado muchos años con la boca cerrada por culpa de esta familia que siempre se han creídos invencibles, ahora nos toca a nosotros mostrarles a estos Gavilanes que nosotros somos buenos cazadores, y que podemos matarlos, y hacerle lo mismo que ellos nos hicieron. Pero eso que tú quieres hacer es venganza, no es justicia. Así es Don Florencio, tenemos que pagarle igual con lo mismo que ustedes nos hicieron. Por qué usted para mí es tan culpables como sus hermanos, así que usted queda advertido desde ahora en adelante si usted se cruza en mi camino le puede suceder lo mismo que a Ismael, lo pueden encontrar en estos pasillos oscuros de la casa vieja con un tiro alojado en su cabeza. ¿Tú me estas amenazando con matarme? Si por qué eso es lo único que tú, y toda la familia Fontana se merecen como castigo por todo el mal que nos hicieron, (La mano derecha de Raquel nerviosamente acariciaba el mango del Machete afilado que colgaba de su cintura, poniendo a Don Florencio, y a las otras mujeres un poco nerviosos). Naturalmente el que no la debe no tiene por qué preocuparse. Y a ti María, dile a la Bruja de Aracely, que la recogida de la Canela ya empezó para ella, y también para los Fontana por qué la cascara de los Canelos(árbol) ya se secó como su propia vida. Fíjense que bueno es Dios cuanto quiere a sus hijos que nos tenía la dulce venganza guardada solamente para nosotros, y yo la voy a provechar matando a todo aquel que nos hiso daño. Ahora nos toca vengarnos. No Raquel,.. Por favor no. Que Aracely es mi hija. Tú te callas la boca María, que tu niña es una Bruja grandota, y que sabe matar cuando quiere hacerlo. Y a ti te lo digo Sauri que tú tienes que matarla por qué ella mato a tú madre. No puedo matarla Raquel, es que Domingo la quiere mucho. Muy bien, si tú no la matas entonces la matare yo cuando se me presente la primera oportunidad, pero esta Bruja no le va hacer daño a nadie más en Bahía Chica. (Muy enojada, y echando maldiciones Raquel salió de la cocina, y se perdió en la oscuridad de los pasillos, mientras María se ponía las manos en su cabeza………...

LOS GAVILANES DE LA CASA VIEJA (77)

COMO SOPORTANDO EL dolor que sentía por Aracely). Si yo fuese usted Don Florencio, me encerraba con su querida viuda Jacinta, y sus hijas, y me aseguraba que la puerta de la habitación nadie la pudiera abrir por fuera. ¿Entonces tú crees que Raquel es capaz de cumplir lo que acaba de decir? En estos momentos Raquel es capaz de hacer cualquier cosa, o cometer alguna barbaridad para aliviar el dolor que siente en su subconsciente debido a tantos años de rechazo, y vicisitudes que le proporciono su propio padre Don Pedro, y también la familia Fontana. Don Florencio cuídese de ella. Vamos Yanyi, acompáñame. ¿A dónde vamos niña Sauri, a buscar al Capitán Domingo? No. Vamos a ver al padre Fermín, si el Capitán Domingo me quiere ver que venga donde yo este. (Sin despedirse de María las dos muchachas salieron de la cocina en busca del padre Fermín, mientras que Aracely en su habitación trataba de tranquilizar al Capitán Domingo acariciándole su espalda, y de vez en cuando le mordía las orejas buscando las partes más débiles de su cuerpo). Déjame tranquilo Aracely, que tus caricias no me hacen ningún efecto. Tonto que eres, te han llenado la cabeza de mentiras con tal de ponerte en mi contra, pero no lo van a lograr por qué la única mujer que te ha querido, esa siempre he sido yo. Siempre he estado a tu lado desde el principio de tu vida, por qué tu mamá por cuidar a Florencio nunca se preocupó por ti. Además yo nunca tuve motivo para matar a tu mamá, y sin embargo Aquarina era la Amante de Pedro, y tú sabes muy bien que eso nunca me importo que Pedro anduviera atrás de sus nalgas. Porque el único hombre que yo siempre he Amado eres tú, y lo que hay entre Pedro y yo ha terminado con nuestro matrimonio. Él me jura que tan pronto termine esta tempestad se va a divorciar de mí por qué la mujer que él quiere es la gorda Marlina. Así que puedes darte cuenta el gran problema que tiene tu tío Pedro, está enamorado de la India Marlina, y de complemento la pobre India es una Gorda. No te creo ni una palabra de todo lo que me has dicho. Mi tío Pedro te quiere demasiado y nunca se va a divorciar de ti. Tu eres para él como una "Perla de agua dulce", y sería un estúpido si a estas alturas se divorciara de ti. Y que quieres que te diga si el muy estúpido ya no me quiere y está dispuesto a cambiarme por una India siendo yo su esposa, una hembra blanca, como esa "Perla de agua dulce" que tú acabas de mencionar. Fíjate bien Domingo que aquí en la Hacienda todos me consideran la mala, pero sin embargo ninguno ha podido probar que yo he cometido algún crimen y sabes por qué, porque yo nunca he matado a nadie. Todos ellos me tienen envidia por qué yo soy una mujer joven, y más blanca, que ellos. Y si Pedro llegara a morir ahora yo quedaría como la única dueña de la Hacienda de los Fontana, y ese es el miedo que todos ellos tienen. Esa es la única razón por que tu papá le dijo a todos que vinieran rápido y así el señor Corregidor reparte la fortuna por partes iguales, pero tus tíos nunca contaron con este Huracán. Yo estoy completamente segura que todos están varados en Puerto Nuevo. ¡Cállate Aracely! Conmigo ninguno de mis tíos tiene problemas por qué a mí no me interesa la fortuna de los Fontana. Lo único que me interesa saber es quien mato a mi madre(Crisol), y por qué lo hiso. Ya te dije que yo no fui, pero como dicen que Sauri te va a parir un hijo, por eso estas a mi lado buscando una excusa para alejarte de mí, pero yo estoy segura que nunca vas encontrarla,

Porque yo a ti te quiero hasta la muerte, y sin ataduras. Si no me crees fíjate que tu adorada Flor se va para España, tu sufrida Raquel siempre dice que te quiere sin embargo, se ha pasado toda su vida pendiente de Ismael, y la india recogida de Sauri y que te Ama mucho, pero tan pronto se ha descubierto que está preñada solamente Dios sabe de quién. Ahora tan pronto vio a Leonardo se enamoró de él. Yo a pesar que te acostaste con todas ellas te sigo esperando, y siempre voy a estar a tu lado hasta que yo muera. ¿Ya terminaste de hablar? Por lo menos déjame que te conteste. Mira Aracely, yo estoy muy confundido con mis sentimientos por qué hay veces que creo que te Amo, pero muchas veces pienso que nuestro Amor termino el día que mi tío Pedro y tú se casaron. Pero entiéndelo Domingo, que yo soy la única que a pesar de todos siempre se ha quedado a tu lado. ¡Por favor Aracely siéntate y cállate la boca! Tu eres la esposa de mi tío, y yo hice muy mal en ignorar, y no respetarlo como hombre que es por ese lado me siento muy culpable. Yo sé que yo no soy el único, tú le fuiste infiel con Ramiro, y con otros más cada vez que se te presentaba la oportunidad, así que si de verdad tú me quieres como lo profesas te hubieras mantenido firme a mi lado sin embargo, fuiste débil y me olvidaste pronto. El placer de la carne te convirtió en una Gavilán con potencia para matar cuando se presente la ocasión. Sí. Tu mataste Aquarina, y a mi madre (Crisol) también y solamente Dios sabe a cuantos más tú has matado. Es una lástima que solamente hay dos testigos que te vieron cometer tan horrendo crimen, y que ahora no pueden testificar en tu contra. María no lo va hacer por qué es tu madre, y Ismael no puede por el estado mental en que tú lo dejaste. Es muy probable que si el señor Corregidor te lleve a un Juicio frente a un Juez, quedes libre por falta de testigos y te salves de la Horca, pero Aracely Urueta de fontana, de la ley de la selva todavía nadie se ha salvado. Acuérdate lo que los Indios le hicieron a tu fiel amigo Francisco, si tu llegas a salir de la "casa vieja" mi familia te van a sacar el Corazón y lo van a tirar al fuego eterno donde no hay vida, solamente hay llanto y crujir de dientes. Así que te recomiendo que te quedes tranquila en esta habitación por que el loco de Ismael ya está caminando los pasillos oscuros de la casa vieja, además Raquel está loca por saber si tu sangre es Blanca, o Negra, por qué me dijo que Roja no puede ser. Hasta mañana Aracely, que tus Angelitos te acompañen. Por favor Domingo, por lo menos esta noche no me dejes sola. Tengo mucho miedo. Aracely no seas comediante tú no puedes sentir miedo, tu eres la patrona de la Hacienda no se te olvide. No Domingo, esta noche no quiero estar sola. (Con un miedo espantoso reflejado en su rostro Aracely se mantenía firme frente a la puerta sin permitir que Domingo saliera de la Habitación). Déjame salir Aracely. de seguro que en cualquier momento mi tío Pedro viene a verte. Fíjate Domingo como las cortinas se mueven yo estoy segura que hay alguien escondido. ¿Qué te pasa Aracely, te estas volviendo loca? Aquí solamente estamos tu y yo, y las cortinas se mueven por la brisa que entra por la ventana. ¡Mentiras! Estas ventanas son de hierro, y el vidrio es muy grueso, por ellas no puede entrar ninguna brisa. Está bien no grites que yo voy a correr las cortinas hacia un lado. (Domingo se acercó a las cortinas que tapaban la entrada a una pequeña terraza, y halando un grueso cordón las abrió hacia ambos lados).

Ya puedes ver que no hay nadie. Es solamente la fuerza del Huracán, así que no tienes por qué tener miedo. (Domingo volvió a correr las cortinas dejando la habitación un poco más oscura solamente la luz de los Candelabros mantenían un poco alumbrada la habitación, y Domingo a pasos suave camino hacia la puerta). No me dejes Domingo, llévame contigo. No quiero estar aquí sola con los espíritus de tu mamá y Aquarina. Suéltame y no seas estúpida, que los muertos no salen de sus tumbas. Seguramente es tu conciencia que te está molestando. ¿Dime Aracely, cuantos años hace que no duermes tranquila? Lo más probable que cada vez que cierras tus ojos, todo lo ves color Rojo. Esa es la sangre de Aquarina y la de mi madre, que a grito están pidiendo justicia. Por favor Domingo, mira que yo no tuve la culpa por que las verdaderas culpables fueron ellas, que estaban planeando como separarte de mi lado, por eso es que están muertas y hoy sus espíritu han venido a la "casa vieja" solamente para molestarme. Tú no las ve, pero ellas están aquí en la habitación esperando que tú te vallas para molestarme. Aracely si sus espíritu están aquí en tu Habitación lo más probable es que quieren algo de ti. Pregúntales que cosa quieren de ti. No puedo hacerlo. ¿Por qué no puedes hacerlo si tú eres la única que las puede ver y hablar con ellas? Es que están muy enojadas conmigo y se esconden detrás de las cortinas esperando que tú te vallas. Entonces tú me quieres dar a entender que la cosa es contigo, no es conmigo. Es mejor que yo me retire y así tu puedes echar una plática con ellas, naturalmente sin que yo las interrumpa. Te lo ruego Domingo solamente por esta noche hazme compañía. No sé por qué has cambiado tanto conmigo, antes yo te pedía algo y rápidamente me complacías. ¿Por qué ya no lo haces? Ya no lo hago por qué todo indica que tú, y mi tío Pedro son unos criminales. ¡Mentiras! Tu a mí ya no me complaces por que la bastarda de Sauri le paga al Brujo Casimiro para que él nos haga una de sus Brujerías, y tú te alejes de mi lado de esa forma Sauri se queda contigo, pero yo te juro Domingo, que primero yo mato a Sauri antes que eso suceda. ¡Y lo hago! Acuérdate que tú me dijiste que ya estoy convertida en una Gavilán en potencia, pues tu eres mi festín, y no estoy dispuesta a compartirte con nadie. Mas te vale que le digas a tu indita recogida que se cuide por qué la casa vieja tiene un Maleficio donde los vivos amanecen muertos. (Domingo al llegar a la puerta la abrió empujando hacia un lado Aracely que sonriendo le gritaba como enloquecida). te vas de mi lado, pero te vas arrepentir por qué ella nunca te va a querer como lo hice yo. (Domingo no le dijo más nada, cerró la puerta y bajo la escalera. Ya en la sala camino entre la gente que se habían acostado en el piso para poder dormir, y protegerse de la furia del Huracán, siguió hacia la cocina sin percatarse que detrás de un Candelabro se encontraba Ramiro mirándolo). Condenado indio algún día me las vas a pagar todas. Me quitaste a Sauri, y también Aracely, y ahora resulta que tu si eres un Fontana y yo no soy nadie para la familia, pero ya veremos quién es el que sale vivo de la "casa vieja". (Todo eso pensaba Ramiro mientras caminaba hacia su Habitación localizada al lado derecho de la casa, pero en el primer piso). ¿Yo no sé por qué le hicieron tantos pasillos a la casa vieja, si en aquel entonces no había electricidad? Estos pasillos están oscuros y las velas no alumbran lo suficiente.

Ese Arquitecto estaba loco cuando diseño la casa vieja. Será mejor que me acueste y duerma un poco por qué mañana temprano tengo que levantarme y tengo que planear alguna cosa antes que me corran de la Hacienda. (Ramiro llego a la puerta de su habitación metió la llave en la cerradura y pasando un poco de trabajo la pudo abrir, entro y cerró la puerta. La habitación se encontraba un poco oscura solamente una vela estaba prendida, pero enseguida pudo oír un ruido muy conocido). Groo. ¿Ismael que haces aquí en mi habitación? Es mejor que sujetes a Lupina, no quiero que me muerda. Ismael vino a decirte que se acuerda mucho de ti, y también Ismael se acuerda mucho del padre Fermín. Si tanto quieres al padre Fermín la próxima habitación es la de él, ve a verlo. Ya Ismael visito al padre Fermín. Entonces loco quiero que salgas de mi habitación. (Muy enojado por la presencia de Ismael en su habitación Ramiro se devolvió para abrir la puerta de la habitación sin percatarse del cuchillo que Ismael sujetaba con fuerza en su mano derecha y que levantando su brazo le clava en su espalda, haciéndolo caer de rodilla al piso. Despacito sin apuro Ismael le saco el cuchillo ensangrentado de la espalda, y sujetando a Ramiro por los cabellos le corto rápidamente la garganta, y de un empujón lo tiro al piso, y le dice suavemente a su perra Lupina). Vamos Lupina que el joven Ramiro está durmiendo y nosotros tenemos que ver a Raquel. (Sin hacer ruido Ismael y su perra Lupina salieron de la habitación de Ramiro, y se desaparecieron en la oscuridad del pasillo. Mientras que Aracely en su habitación seguía recostada a la pared y volvía a mirar hacia las cortinas, y la vio moverse otra vez y sonriendo como una loca poseída le habla). Indias imbéciles no crean que les tengo miedo sé que han regresado para vengarse, pero que lastima que ya no tienen su cuerpo. Se creyeron por qué eran más hermosas que yo me quitarían a Pedro, y a Domingo, pues se equivocaron y ahora regresan para matarme. ¿He quieren sus cuerpos? Anda vayan al cementerio indio allí esta lo que queda de sus hermosuras. (La cama empezó a moverse mientras que Aracely ya sentada en el piso reía a carcajadas. De pronto la puerta se abrió y todo quedo en calma, y en silencio). ¿Qué eran esos golpes, y esos ruidos? Cállate Pedro que tú nunca sabes nada. Como siempre para todo llegas tarde. Si me hubieras hecho caso a estas horas ya estaríamos en camino hacia Europa. Yo me voy, te puedes quedar con tu Hacienda y con tu familia, y también te dejo con tus muertos que han venido a buscarte. (Mientras Aracely seguía regañando a su marido y no se ponía de acuerdo con él, Sauri y Yanyi llegaban hasta la puerta de la habitación del padre Fermín). Niña Sauri mejor esperamos que se haga de día este pasillo esta oscuro y de seguro el padre Fermín ya está dormido. Por favor Yanyi no seas tan cobarde, mira que yo tengo que hablar con el padre Fermín. Vamos a tocar en la puerta, pero no tan fuerte porque no quiero que Ramiro se dé cuenta que nosotras estamos aquí y entonces venga a molestarnos. Mira Sauri el padrecito dejo la puerta abierta eso quiere decir que él no está aquí lo mejor que podemos hacer es irnos a dormir y por la mañana hablamos con él. Cállate la boca y entremos. (Ya dentro de la habitación las dos mujeres abrieron sus bocas, y pegaron tremendo grito al ver al padre Fermín colgado de los pies en la lámpara de Gas, y con la cabeza hacia abajo desangrándose).

¡Hay Sauri si ya el loco de Ismael estuvo aquí primero que nosotras! Cálmate Yanyi que tenemos que avisarle al señor Corregidor. ¿Para qué? Esta es la hora que el hombre vestido de negro no á podido arrestar a Ismael. Yanyi nosotras no podemos atestiguar que Ismael lo mato, por qué no lo hemos visto hacerlo. Porque puede ser otra persona que lo mato. ¡Hay Dios mío, entonces son dos los matones! Vamos avisarle al joven Ramiro. No Yanyi, todavía no. Porque no debemos formar ningún escandaló. Mejor vamos a la cocina y desde allí podemos buscar al señor Corregidor. (Las dos muchachas a pasos rápidos llegaron a la cocina encontrándose con Domingo y María). ¡Caramba Domingo! ¿Y que tú haces aquí cuando se supones que estés cuidando a tu querida Aracely? Tranquilízate Sauri, que Aracely no necesita que yo la cuide. ¿Y digan por qué ustedes vienen tan agitadas? Yo se lo digo joven Domingo. Muy bien Yanyi habla tú por qué Sauri se ha vuelto una muda. Encontramos muerto al señor cura. Lo colgaron de sus patas en la lámpara. ¿y ustedes están segura que estaba muerto? Si joven Domingo, el padre Fermín estaba botando mucha sangre por la garganta y no decía nada. Tenemos que avisarle al señor Corregidor. Domingo eso no es necesario si ya sabemos quién es la culpable. Aracely es la única que mata en la casa vieja. Eso es mentira mi niña Aracely no pudo ser la que mato al padre Fermín, en todo este tiempo Domingo estuvo con mi niña. Perdona Sauri, pero María tiene razón Aracely no mato al padre Fermín. Ya puedo darme cuenta cuanto la quieres. No sigas hablándome así. Yo sé que Aracely mato a mamá, y que también mato Aquarina, pero yo soy diferente a ustedes que quieren venganza, yo pido justicia. Yanyi ve rápido y busca al señor Corregidor y llévalo a la habitación del padre Fermín. Yo no voy tengo mucho miedo. Es mejor para tu salud que corras avisarle al hombre de negro. Si María cómo usted diga. ¿Y tú Domingo para dónde vas? Gracias Sauri por preocuparte, pero yo voy a tratar de encontrar a Ismael antes que la escolta del señor Corregidor lo mate a balazos. ¿Te das cuenta María? Si hubiesen dicho la verdad desde el principio nada de esto estuviera sucediendo, pero mantuvieron silencio por el maldito dinero. Te vuelvo a repetir Sauri que yo mantuve silencio solamente para defender a mi niña Aracely. Valiente te ha salido tu niña, una criminal. ¡¡Mentirás mi niña Aracely no es una mala mujer!! Lo que a sucedió es que Don Pedro le fregó su mente, y le enveneno el Alma. Pero mi niña Aracely es buena. Pues si tu niña es tan buena como tú dices dile que se cuide mucho,.. Especialmente esta noche. Pero Sauri, júrame que tú no vas a matar a mi única hija que Dios me ha dado. María yo nunca matare tu hija, pero voy hacer todo lo posible para que la justicia la lleve a la horca por haber matado a mi madre. A menos que Ismael y Raquel, se hagan justicia con sus propias manos. Y no te lo digo para asustarte, es para que le digas a tu niña Aracely que esta noche la "casa vieja" vuelve a tener su Maleficio, y es una noche que se presta para la Venganza. Ahora con tu permiso, pero tengo que hablar con una persona muy importante en la familia. (Sauri volvió a caminar hacia la sala y aunque presentía que la venían siguiendo valientemente se mantuvo firme y no miro hacia atrás. Subió la escalera, y se dirigió a la habitación de Flor. Toco en la puerta y al ver que no le abrían volvió a tocar *más* duro. La puerta se abrió y Flor Fontana muy rudamente le pregunta).

¿Qué quieres? Flor no te preocupes, que no he venido a matarte. Entra pero no me reclames nada. Tranquilízate un poco que no vengo hacerte ningún reclamo. Solamente quiero que sepa que Ismael, y Raquel andan caminando los pasillos oscuros de la casa vieja, y tienen en sus venas una venganza muy vieja contra todos los Fontanas. Ya mataron al padre Fermín. Yo no tengo porque tener miedo. Yo no he hecho nada, yo no la pase en la Hacienda. Yo siempre estuve en la Capital. Pero no se te olvide Flor que mi hermana Raquel siempre vivió enamorada de Domingo, y tú siempre le llevaste la contraria en todo. Así que solamente por eso no le abras la puerta. La verdad Sauri que tú me tienes muy confundida. Resulta ser que tu vienes a defenderme a pesar que Domingo y yo siempre nos gustamos. Te digo Flor, que tú nunca serás Virgen de mi devoción, pero no quiero que Raquel te mate. Tú mereces una segunda oportunidad en la vida. Yo sé que tú has vivido demasiado lejos de todos nosotros y nunca conocerás la realidad de nuestras vidas. Muchas gracias por avisarme del peligro que me acecha, pero no quiero que me tengas lastima por qué yo también se cómo defenderme y si tengo que matar también estoy preparada para hacerlo.(Flor Fontana saco de su bolsillo derecho un pequeño Revolver cañón corto que brillaba como la plata, y se lo mostro a Sauri, y lo guardo rápidamente). Claro naturalmente aunque hayas vivido lejos de la familia tú sigues siendo una de las Fontana y por lo tanto llevas la sangre de los Gavilanes en tus venas, y tienes el poder de herir a cualquier persona y nunca sentir cargos de conciencia. Sauri aquí la única sufrida eres tú que en vez de hacerte de una buena educación te has pasado todo lo que tienes de vida llorando a tu mamá que no va a regresar nunca, porque está muerta. Mírame bien a la cara y entiéndelo de una vez. tú conoces a tus padres, pero yo nunca conoceré a los míos y me conformo que los que me criaron me dieron una educación, y me dejaron una pequeña fortuna. y te digo que no sé que es llorar una mamá muerta porque no lo siento. imagínate tú que mí propia mamá me cambio por un macho solamente porque mi papá no me quiso por ser hembra. si mi mamá me cambio por Ramiro, para complacer a mi papá entonces ella tampoco me quería. vamos a llegar al final de esta conversación. ¿Sauri si tu mamá Aquarina, te hubiese cambiado por un barón cuando tu naciste solamente por qué tu papá Pedro se lo pidió, yo estoy segura que la opinión tuya hoy sería diferente y quizás ni una lagrima hubieses derramado por tu mamá muerta? Pero no fue así Flor. mi mamá me parió y se quedó conmigo hasta el día que la mato esa perversa. Pero Aquarina nunca te dijo que Pedro es tu papá, tu viniste a saber quién es tu papá porque el hablador de Ramiro te lo dijo sin embargo a tu papá Pedro no lo quieres, y tampoco vas a llorar por él, el día que alguien lo mate. ¿Sabes por qué no lo vas a llorar? Porque tu si llevas la misma sangre de él. Tú Sauri si eres un Gavilán capaz de fingir una tristeza, o suprimir una viva emoción. Con tu llanto has podido engañar toda la familia, menos yo por qué siempre estuve alerta de todos tus movimientos, y ahora que ya sabes quién es la persona que mato a tu mamá te es muy conveniente que Ismael, y Raquel estén matando a todos los que indirectamente o directamente tienen que ver con la muerte de tu mamá. Y deja de fingir conmigo porque yo no te creo, y si matan a Pedro no te va a doler..

Ni un poquito, porque de él también quieres vengarte por qué es un malparido que después que mato a tú madre te trajo a su lado por miedo que a él también lo llevaran a la Horca junto a su querida Aracely. Y tú tienes que saber toda la historia por qué el charlatán de Ramiro lo sabe, y él lo habla gratuitamente todo desde el día que descubrió que no es parte de la familia Fontana. Mi hermana Carmín siempre me ha tenido al pendiente de todos los detalles, y de todo lo que acontecía en la familia. ¿Así que ya tu sabias que Carmen te había cambiado por Ramiro? Sí. Y nunca se lo voy a perdonar. Por lo que concierne a mí la señora Carmen se puede morir cien veces que ella no es mi mamá, y tampoco me importa si la mataron. Mira Flor, la verdad que entre la señora Carmen y tú no sé cuál de las dos es más mala. Sauri guárdate tus opiniones al respecto, por qué tú no eres una santa paloma, tú lo que eres una Gavilán que está disfrutando su Venganza. Flor quiero que sepas que me arrepiento haber venido avisarte del peligro que Ismael y Raquel son para ti. todo lo contrario Sauri, yo diría que tengo más peligro si estoy cerca de ti. Porque tú tienes miedo que yo me lleve a Domingo, y esa es la verdadera razón por qué tu estas aquí. Tú quieres asegurarte que de verdad yo me voy y te dejo el camino libre para que tú puedas conquistar a domingo. Así que puedes estar tranquila que Domingo no es hombre para vivir en una ciudad. Él es tan pueblerino como tú, y yo soy una mujer acostumbrada a las cosas buenas que proporciona una ciudad grande. Te aseguro que yo no tengo ningún interés de quedarme con Domingo, pero Aracely siempre lo ha querido para ella, y tiene mucho interés en quedarse con él, querida Sauri tú fuiste muy inteligente en algunas cosas, pero con Aracely muchas cosas te fallaron por qué Aracely siempre tuvo entre sus piernas al Capitán Domingo, y tú no has podido hacer nada para evitarlo. No te preocupes tanto amiga Flor, que lo de Domingo con Aracely se va a terminar muy pronto. ¡Caramba Sauri lo dices con tanta firmeza que estoy inclinada a creer que de verdad la casa vieja tiene un maleficio y quizás tú seas la Bruja! Yo creo que el trabajo que te preparo Casimiro ahora es que te está dando resultado, pero debes de tener mucho cuidado porque yo he leído en un libro referentes a los muertos, en el que decía que nunca se debe mesclar un trabajo Indio, con una Brujería de Gitanos, o negros, y tu Sauri tienes un grave problema por qué ni tu misma sabes de que raza eres. Flor no puedes negarlo que aunque tu madre te negó como hija de ella, sin embargo ella no pudo quitarte la parte de Gavilán que llevas en la sangre. Tú no serás tan

brava como los Fontana de aquí, sin embargo te complaces
en ver sufrir a los demás especialmente a mí. Yo quiero
que tu sepas que yo sí sé de qué raza soy. Yo soy un injerto
de Gitano con Indio y nací en Bahía Chica. Cuando me
siento sola le pido ayuda al Gran Espíritu Indio, y cuando
necesito de un Gran Favor la "Virgen del Camino" me
complace en todo lo que le pido. Sauri yo quiero que salgas
de mi habitación. (Muy enojada Flor Fontana le abrió la
puerta a Sauri, para encontrarse a Ismael parado frente a la
puerta y muy sonriente. Rápidamente Sauri camina hacia
la puerta y se enfrenta a Ismael). Ismael quiero que te vayas
lejos de aquí Domingo te está buscando, además la escolta
del señor Corregidor te quiere detener y pueden matarte.
Ismael viene a despedirse de Sauri. Ismael se va ya, gracias.

Vamos Lupina que ya tenemos mucha hambre. ¡¡Huy
Sauri que control tienes sobre tu gente!! Ya podemos
darnos cuenta que Ismael no quedo tan loco como creíamos
que estaba, pero algo me dice que tu hermana y tú ya lo
sabían, y no me extrañaría que ustedes lo hayan enseñado
a matar. Por el bien de tu salud lo mejor que puedes hacer
es callarte la boca y cerrar la puerta de tu habitación, y
no se te olvide de rezarle a tu Dios, y a la vez le pides por
tu vida. Querida Flor, te deseo que duermas tranquila.
(Tirando la puerta con fuerza Flor la cerro, y suavemente
acaricio el pequeño Revolver, y tranquilamente se dijo).
Esta noche no hay quien duerma. Entre este maldito
Huracán y esta partía de locos sueltos tienen la casa
vieja muy consternada. Tengo hambre, pero es mejor
que me quede tranquila y no me exponga a que Sauri
decida que yo soy un estorbo para sus planes. (Mientras
Flor alimentaba sus pensamientos Sauri regresaba a la

habitación del padre Fermín donde ya se encontraba el señor Corregidor investigando el crimen. ¿Quién usted cree que mato al señor cura? Fíjate Yanyi que todavía no lo sé, pero todo indica que la mima persona que mato a la señora Carmen pudo haber sido el mismo, pero la única diferencia de este crimen es que tuvo que haber otra persona que lo ayudo para colgar el cuerpo en la lámpara. Hay Dios mío ahora resulta ser que son dos los matones. Así es Yanyi, y lo mejor que tú puedes hacer es quedarte tranquila al lado de Sauri. ¿Señor Leonardo, cuando usted va a detener a la criminal de Aracely? por favor Sauri pare usted de presionarme tanto, yo no puedo detener a la señora Aracely por meras suposiciones. Yo no pongo mi trabajo en la línea de la duda, porque meramente pueda ser. Sargento Pérez. Mande usted señor Corregidor. Tráigame al joven Ramiro, que quiero hacerle varias preguntas referente a la muerte del padre Fermín. Apúrese. Y usted señorita Yanyi haga el favor y espere afuera en el pasillo que tengo que examinar el cuerpo del occiso. ¿Y qué es eso? ¡Por Dios Yanyi, el padre Fermín es el fallecido, la víctima, él es el occiso. (Solamente habían pasado tres minutos desde que Yanyi se fue al pasillo, y regresa gritando al lado del señor Corregidor). Lo mataron, lo mataron. Sargento Pérez explíquese usted, porque esta Gitana habla demasiado rápido. Mire usted que la puerta de la habitación del joven Ramiro, no le habían pasado el cerrojo, entonces visto que nadie me contestaba cuando toque en la puerta por varias veces, vino esta Gitana y la empujo, y encontramos al joven Ramiro tendido en el piso, en un charco de sangre, con la garganta degollada. Entonces esta Gitana empezó a gritar como una loca.

Oiga que usted es más loco que yo. Yo estoy segura que si a usted le corta la garganta con un cuchillo no va a poder hablar. Mira Gitana que la única que estaba pegando gritos eras tú, porque los muertos no pueden hablar, ni hacer nada. ¡Cállense los dos! Sargento, usted y el Razo Ortega tienen que asegurarse que mañana tan pronto se haga de día nadie sale de la casa vieja, y si no obedecen disparen a matar por que estos criminales son unos sanguinarios, y por lograr lo que se proponen están dispuesto eliminar a cualquiera que interrumpa sus propósitos. Apúrense y hagan lo que les ordeno. Si señor enseguida. (Muy enojado el Sargento, agarro por una mano a Yanyi y le grita en un tono bajito). ¡Gitana metiche! Nadie nadie te dijo que entraras en la habitación del muerto, a lo mejor tu eres la próxima víctima.

Viejo gordo y hablador, baya hacer lo que le ordenaron y tenga mucho cuidado que ahora son dos los matones, y si siente un filoso metal en su garganta, no se moleste en pedir ayuda. ¡Porque yo no voy! Mira Gitana lo mejor que puedes hacer es regresar con tus amos que yo tengo que hacer cumplir las órdenes del señor Corregidor. Razo dejemos esta Gitana aquí, y vamos asegurarnos que toda la familia Fontana están en sus habitaciones. Mire Sargento le repito lo que le dije con la India Yajaira, tenga usted mucho cuidado con las mujeres de estas tierras, que en Puerto Nuevo me dijeron que por aquí. Razo pare usted de hablar, que me acuerdo muy bien todo lo que me dijo. Pues parece que por estas tierras todos son Brujas, y Brujos. Y lo peor de todo es que parece que esta noche es más larga que lo usual y ya son tres los muertos, y apenas son las diez de la noche y quien será la próxima víctima, pero lo agravante de todo esto es que todavía no sabemos quién es el criminal. (Mientras la escolta deducían todo lo ocurrido María en su habitación arreglaba su cama con intenciones de descansar). Hola María. ¿Raquel que quieres aquí en mi habitación? María no te asustes solamente pasaba por el pasillo y como la puerta de la habitación no estaba bien cerrada por eso entre, pero ya que te encontré podemos conversar un poquito de todo lo sucedido aquí en la casa vieja. Yo no tengo nada de qué hablar contigo. Y yo digo todo lo contrario, que si tienes mucho de qué hablar. Porque mucho antes de que tu niña Aracely cometiera el horrendo crimen tú eras la sirvienta preferida del viejo Fontana. Pero no te asombre, poco a poco yo he hecho mis averiguaciones y eso no debe de preocuparte. Tu sabes muy bien que todo lo que sucede entre Gitanos, entre Gitanos queda. Esta habitación está limpia y muy arregladita, pero naturalmente si siempre ha sido tu habitación preferida aquí en la casa vieja, lo mejor para la madre de Aracely, así decía el viejo Fontana hasta el día que murió envenenado por la cocinera, y toda la fortuna del viejo Fontana, y también la mujercita que el mas quería paso a manos de su hijo mayor Don Pedro Fontana. Porque poco después murió la madre de los Fontanas, dicen y que murió de un ataque al Corazón. ¿María y tú que dices; de que la señora murió? Raquel yo no he dicho nada, y lárgate de mi habitación. ¡No me voy! Si el hombre vestido de negro de verdad te interroga tú tienes mucho de qué hablar. Así que habla ahora por qué yo soy una persona que la paciencia me fastidia demasiado y no se esperar. Por favor Raquel guarda ese machete en su funda. No voy hacer lo que tú me dices por qué yo estoy segura que tú eres más que una mera testigo, para mí que tu mataste también, así que puedes hablar con tranquilidad por qué nadie va a venir a tu habitación todos están con el padre Fermín, y con el estúpido de Ramiro. Los pobres, los dos se antojaron de morirse en esta noche de Huracán. Pero se me olvidaba decirte que mi adorado Ismael me está esperando en el pasillo frente a tu puerta. María habla ya; porque a Ismael ya se le agoto toda la paciencia con todos ustedes. (Sintiéndose impotente frente a Raquel que machete en mano la amenazaba María se sentó en la cama y empezó hablar). Todo sucedió un año antes que Pedro se casara con mi niña Aracely. El viejo Fontana un día paso por el "Viejo Puente" que está en la Alameda, y vio a mi niña bañándose desnuda en el Rio con tu primo Domingo. Como todo viejo verde se enamoró...

Del cuerpo de Aracely, y mando a su hijo Pedro que la comprara. Y no le importaba el precio que Pedro pago por mi niña. El viejo verde tenía que poseerla de cualquier forma, después de la compra mi niña y yo nos vinimos a vivir a la Hacienda, por más que su esposa protestaba por la presencia de mi niña Aracely en la casa vieja, la señora Fontana no pudo evitar las locuras de su marido. Pero mi niña Aracely sufría mucho cada vez que tenía que complacer al viejo verde, porque el muy desgraciado quería hacerlo todos días con mi niña Aracely. yo al ver el sufrimiento que le causaba a mi niña, una tarde cuando serví la cena le puse veneno en su comida y lo mate. Yo misma le hice saber a Don Pedro lo que yo había hecho y el muy sinvergüenza me dijo que mantuviera el más estricto silencio, al poco tiempo después de haber enterrado al viejo, me dijo que él se iba a casar con mi niña Aracely, y que legalmente la haría su esposa. Cuando su mamá supo sus intenciones de casorio, se opuso terminantemente a la boda, y la señora Fontana le dijo a su hijo Pedro que si él se casaba con Aracely, ella lo desheredaba por completo. Otra vez mi niña sufrió mucho por qué ella quería ser la dueña de la Hacienda. Y otra vez yo tuve que resolverle el problema, quitarle el único obstáculo que la molestaba. Una noche pidió la vieja Fontana que le llevaran la cena a su habitación y yo lo hice con mucho gusto, y cuando la vieja se descuidó le puse una de sus almohada en la cara, me hiso mucha fuerza, pero la mate. Porque yo por mi niña Aracely hago lo que ella me pida, y como tu acabas de decir que todo queda entre Gitanos. Don Pedro dijo que su mamá había muerto del Corazón. Y sobre su muerte no se habló más entre los hermanos Fontana. Pero ustedes que son una mescla de Gitanos, con Indios si lo vinieron a echar a perder todo. Aquarina tuvo que meterse entre las piernas de Pedro, y quedo preñada pariendo a Sauri. Crisol se metió con Florencio, y le pario a Domingo. (Ya María según hablaba se había puesto de pie, y lentamente caminaba hacia Raquel). Y tu bastarda; tu madre se enamoró de Pedro. Pero ustedes los Indios nunca asimilan las consecuencias que puede traer el futuro, el machismo entre ustedes lo mismo lo lleva el macho, como la hembra y eso los hace más ignorante. Pero el Gitano es un Gavilán que no comparte con ningún otro, pero siendo materialista viven mejor y por eso era lo que mi niña Aracely quería ser la dueña de la "casa vieja". ¡Malditos, todos ustedes son unos malditos. Ismael entra ya que María se ha vuelto loca.(Ismael entro en la habitación con el cuchillo en la mano, y de una sola estocada se lo enterró a María en el pecho haciéndola caer en la cama, sacando el largo cuchillo se lo vuelve a enterrar en el pecho manchando el cubrecama de sangre. Desde la puerta Raquel le grita a Ismael). Apúrate Ismael, que me parece que alguien viene por el pasillo.(Sin cerrar la puerta de la habitación Raquel, y Ismael a pasos rápidos seguido por la perra Lupina, trataban de evitar que la escolta del señor Corregidor los detuviera). Mira Razo ese hombre que acaba de salir de esa habitación es Ismael y anda una mujer con él, y también su perra. Deténganse, Ismael no nos obligue a disparar. Apúrate Ismael que se están acercando demasiado, pero no te preocupes por tu perra. Ven vamos por este pasillo que no nos pueden ver. Deténganse.(Bang...Bang). ¿Ismael que te pasa, por qué te detienes? Ismael no puede caminar más, me duele mucho la espalda.

(Sin poder evitarlo Ismael cayó al piso, y Raquel llorando siguió corriendo perdiéndose en la oscuridad del pasillo). Razo no se acerque mucho que esa perra nos puede morder. Venga vamos a registrar esa habitación, ya no podemos hacer nada por Ismael. Mire Sargento, este loco mato a la cocinera. Y tan sabroso que cocinaba. Razo guárdese sus comentarios personales para otra ocasión. Acuérdese que la mujer que se nos escapo dice el señor Corregidor que es muy peligrosa. Oiga usted Sargento; que alguien viene por el pasillo. (Casi corriendo Yanyi, seguida por Sauri, y el señor Corregidor, llegaron a la habitación y el Sargento Pérez le dice). Las mujeres no pueden entrar es una escena muy fea. ¿Y a quien mataron mi Sargento? Yanyi me alegra decirle que no fue a usted a quien mataron, la muerta es María la cocinera. ¡¡Hay

Virgencita del camino, si esta vez le toco a la pobre María!! Así ha de sufrir su niña Aracely cuando se entere. Yanyi cállate y no digas necedades, que esa víbora no sufre por nadie. Está bien Sauri, pero vámonos de esta maldita casa vieja. Yo no quiero morir tan joven. Yanyi yo te prometo que tan pronto sea de día nos vamos si el señor Corregidor lo permite. ¿Sargento que fueron esos disparos que alcanzamos a oír? Resulto ser que el Razo y yo alcanzamos ver a Ismael saliendo de esta habitación acompañado por una mujer que no pudimos verle la cara, ella se desapareció en la oscuridad del pasillo, a él lo herimos y ya está muerto en el piso al doblar el pasillo, no podemos acercarnos al cuerpo por que la perra Lupina no lo permite. Muy bien muchachos hicieron un buen trabajo, ahora hay que estar en guardia por si esa mujer se aparece. Es muy importante que la agarremos viva. Señor Leonardo tenemos que avisarle a Domingo que Ismael está muerto, ellos dos eran como hermanos. Señorita Sauri no le parece a usted algo raro que desde que llegamos a la casa vieja el Capitán Domingo se la ha pasado buscando a su querido hermano Ismael y nunca lo encontró. ¿Leonardo qué es lo que usted quiere insinuar? Que nadie en la Hacienda dice lo que realmente le ha sucedido a la familia Fontana en el tiempo que vivieron en la "casa Vieja" y por la misma razón que he tenido la suerte de ser un hombre educado por la sociedad, ese mito de que la casa vieja tiene un maleficio, me es duro para yo creerlo, sin embargo he deducido que hay una persona interesada en que todos lo crean, aunque todavía no puedo afirmarlo creo que es una mujer que está interesada en que la gente piense lo que se rumora de la casa vieja. Tan pronto agarremos viva a la compañera de Ismael, yo estoy seguro que vamos a saber quién es esa persona. Señor Leonardo me parece que usted está perdido en su investigación. Primero andaba buscando al asesino, según usted es Ismael, muy bien ya mato a Ismael. Pero Ismael no mato a mi madre, tampoco mato a Crisol. Aracely es la culpable de todo lo que sucedió en la casa vieja, y para ella le es muy conveniente que la gente piense que todo es Brujería de esa forma nadie la puede acusar de ningún delito. Da tristeza que la mujer que usted está buscando es la única testigo de ese crimen cuidado y si sus soldados la matan Aracely queda libre por falta de pruebas. Sauri usted conoce muy bien a su hermana Raquel, dígale que se entregue que la venganza se paga con la muerte. Señor Corregidor en estas tierras cuando la ley no hace justicia, solamente queda la venganza como único medio de satisfacción personal.

Y usted no es quien para quitarnos ese gozo. Señorita Sauri ya tendremos otra oportunidad de expresar mutuamente lo que pensamos por lo tanto le pido que le diga al resto de la familia Fontana que los quiero ver en la cocina. Señor Leonardo estas reuniones son fastidiosas, ya no hay más nada que averiguar, o resolver ya sabemos que Aracely es la culpable de la muerte de mi madre, y de la mamá de Domingo. Si usted quiere ver otra vez a la familia reunida mande a sus empleados a buscarlos que yo no trabajo para usted. Razo ortega. Mande usted señor Corregidor. Acompañe a las señoritas donde ellas quieran ir y si por casualidad se quieren separar les pone las Mancuernas, para que no se separen. Como usted ordene. ¿Señor Leonardo está usted desconfiando de mí? Sauri su última insistencia me ha hecho poner en duda su papel de víctima. Ya usted no llora por su mamá. Tampoco se ve afligida por la muerte de María, la mujer que muchas veces usted me dijo que le tenía un grande aprecio por que ella fue la que termino de criarte. Como tú puedes ver en mi trabajo de Corregidor nosotros nos fijamos en esos pequeños detalles por eso estudiamos Ley, Sicología, y Anatomía. Usted Como Corregidor me ha decepcionado. Pero ya puedo ver qué clase de hombre es usted dentro de esa vestimenta negra. Lo siento mucho señorita Sauri, pero ustedes tienen que obedecer al Razo Ortega en todo momento. Yanyi vamos para la cocina que el aire en estos pasillos está muy grueso de tantos muertos. (Agarrando a Yanyi por uno de sus brazos, Sauri muy enojada se encamino hacia la cocina seguida por el Razo Ortega, que a pasos rápidos trataba de mantener la distancia requerida). Sargento al amanecer tenemos que buscar a los trabajadores del establo, por qué tenemos que poner esa perra en una Jaula, para evitar que muerda alguna persona. Y así podemos guardar el cuerpo de Ismael hasta que un medicó certifique su muerte. Y desde ahora por ningún motivo se confié de la gente de la Hacienda principalmente tenga mucho cuidado con la familia Fontana, por qué me han dado motivos en pensar que todos, y cada uno de ellos quieren toda la fortuna Fontana, para sí mismo. ¿Entonces quién es el culpable de todos estos asesinatos? No lo sé. Pero la acompañante de Ismael es una llave muy importante para yo resolver este caso. Quién sea se está aprovechando de las circunstancias que la han favorecido. Sargento a esa mujer tenemos que agarrarla viva. Muerta no nos puede ayudar. Señor Corregidor yo le juro que si se presenta la oportunidad voy hacer todo lo que este a mi alcance de no matarla. Gracia Sargento yo sé que puedo confiar en usted. Por lo pronto cierre la puerta y dejemos el cuerpo de María tranquilo, y usted busque a los restantes de la familia Fontana. Yo lo espero en la cocina, tengo que saber dónde ha estado Domingo todo este tiempo. Siento que esta noche se está alargando demasiado y ya estoy a punto de creer lo que toda esta gente dicen. ¿Y que la gente dice? Que esta casa vieja tiene un Maleficio. ¿Y cuánto tiempo tenemos que quedarnos en la casa vieja? No lo sé Sargento, pero yo quiero irme de esta casa vieja y seguir mis investigaciones desde Bahía Chica. Me han dicho que Juan el cantinero renta dos habitaciones que tiene en su cantina. Pero tenemos que esperar que pase esta noche, que parece que nunca va a terminar. Sargento no se le olvide, avísele a los Fontana que los quiero ver en la cocina, y tome mucha precaución cuando camine por los pasillos.

Cerrando la puerta de la habitación el Sargento, y el señor Corregidor tomaron por diferentes pasillos sin notar la inquisidora mirada de Raquel que desde la oscuridad miraba todos sus movimientos hasta que se perdieron de su vista). Tengo que llegar primero a la cocina, de esa forma no pueden acusarme de nada. (Casi corriendo, Raquel llego a la cocina y rápidamente empezó a prender el viejo Fogón de Piedra echándole carbón para avivar el fuego). ¡Raquel usted aquí en la cocina! Así es Yanyi, vine a colar un poco de Café. ¿Cómo estas Sauri? Yo estoy bien, pero tenemos malas noticias para ti. Resulto ser que la escolta mato a Ismael, y también lo acusaron de matar a María. Pobre Ismael, nunca logro reponerse del balazo que le dio Aracely. por favor Ortega baje ese Rifle, por qué nos está poniendo nerviosa. Señorita Raquel usted no puede salir de la cocina, aquí vamos a esperar a que el señor corregidor llegue. No se preocupe Razo, no pienso ir para ningún lado. No quiero ser una víctima más de Aracely. ¡Caramba Raquel! Lo que eres tú y Sauri se han dedicado echarle la culpa Aracely de todo lo que sucede esta noche en la casa vieja, sin embargo a mí me consta que todo este tiempo Aracely se la ha pasado primero con su Amante Domingo, y ahora con su esposo Pedro. Flor te advertí que lo mejor que puedes hacer es quedarte en tu habitación. Lo siento mucho Sauri, que no pueda complacerte, pero el Sargento Pérez me ordeno que viniera para la cocina que hay una reunión de familia solamente. Ya el Sargento me dijo todo lo acontecido. Estoy bien informada. Y Sauri me extraña mucho no verte llorando la muerte de tu segunda mamá. Y a ti Raquel tampoco veo ni una lagrima por tu Adorado Ismael. La verdad Flor que tienes una boca de víbora, solamente botas veneno. Sauri aunque no lo creas eso me preocupa mucho. ¡También a mí me preocupa mucho señorita Flor! Muchas gracias señor Corregidor, por fin usted y yo estamos de acuerdo en algo. (La llegada del señor Corregidor hiso que Flor respirara con más alivio). Pueden sentarse que estoy esperando a la otra parte de la familia. ¿Y usted señorita Raquel cuanto tiempo hace que usted se encuentra en la cocina? Señor Corregidor usted me lo está preguntando, o esto es un interrogatorio. Tómelo como usted quiera, pero da la casualidad que cada vez que Ismael mataba a alguien, ni usted tampoco Domingo, no se saben dónde estaban en el momento del crimen. ¿Me acusa usted de algo? Todavía no señorita Raquel, pero me estoy acercando en creer que usted es cómplice de una confabulación, y usted todavía no se ha dado cuenta debido al odio que siente por la familia Fontana. Por lo pronto me es necesario que usted no se pierda de mi vista. ¿Entonces de quien usted sospecha, y explíqueme a que cosa llama usted confabulación? Mire Raquel si le doy una explicación completa, usted no me va a comprender, pero se lo voy a decir en la forma más corta para su entendimiento. Alguien la está usando para beneficio personal. Lo que te acaba de decir el señor Leonardo es que eres una Burra, y que no entiendes nada. joven Raquel lo que dice la señorita Sauri no es verdad, yo nunca sería capaz de difamarla con ese nombre. Pero dígame señor Corregidor quien es esa persona, para ajustarle cuentas. Todavía no estoy seguro quienes son. Es por eso que no puedo levantar falso testimonio. Aquí estamos señor Corregidor. Muchas gracias Don Florencio. Sargento Pérez, todavía faltan el Capitán Domingo, Don Pedro y la señora Aracely.

Sargento es mejor que usted baya a la habitación de la señora Aracely y tráigala aquí inmediatamente. Razo acompañe al Sargento. Sí señor. Y a ustedes ya les dije que se sienten. Uno de ustedes es el verdadero cabecilla intelectual de todos los crímenes cometido por Ismael y su acompañante, y todo tiene que terminar aquí. Señor vestido de negro, usted me incrimina solamente, pero mire cuantas mujeres estamos aquí en la cocina. Señorita Raquel: Y usted ya deje de llamarme señorita, no se le olvide que soy una mujer casada con Juan el cantinero. Perdone usted señora Raquel. Mire Raquel. Usted no ha de pretender que mis niñas se hayan confabulado para cometer tremendo crimen. ¿Y porque no pueden ser ustedes señora Jacinta? Raquel usted está equivocada nosotras somos Damas Gitanas de la alta sociedad, y no una pobre mestiza como tú. Tranquila señora Jacinta, por qué todo quedara al descubierto esta noche. Señor Leonardo tan pronto se me presente la oportunidad me voy a quejar con el señor Gobernador de la comarca. Señora Jacinta usted puede hacer todo lo que usted estime, pero ahora es mejor que guarden silencio por qué yo soy el que va hacerles las preguntas. ¿Señor Florencio me imagino que esta casa vieja tiene un sótano? Florencio no se quede callado y contésteme. Si tiene un sótano. Tan pronto regrese mi escolta vamos al sótano. ¿Qué usted va a ser en un lugar lleno de Ratas, y también de insectos? No se ponga nervioso que yo soy como el Gato, la curiosidad es algo que me atrae. Tenga usted mucho cuidado señor Leonardo, porque tengo entendido que algunos Gatos han perdidos las vidas que le quedaban por ser demasiados curiosos. Le aseguro señorita Sauri que no tengo intención de ser una víctima más de esta Grande mentira, pero si quiero averiguar cuál es el interés material, y donde está. Porque los crímenes ya están resuelto, y el criminal ya está muerto. ¿Entonces usted va a dejar libre a la asesina Aracely? ya le dije señorita Sauri que sin testigos su acusación no gana terrenos en ninguna Corte. No me cabe la menor duda que la señora Aracely es en parte culpable de las muertes que ocurrieron hace años en esta cocina, pero algo me dice que ella no actuó sola, por lo menos dos, dos personas más la ayudaron. pero por algún motivo tu Sauri y Raquel, siempre han querido echarle toda la culpa a la señora Aracely. ¡¡Porque fue ella quien las mato!! Sauri tu no lo puedes atestiguar por qué tú no estabas en la cocina cuando las mataron. En la cocina solamente estaban Don pedro (1) Florencio (2) María (3) Aracely (4) Aquarina (+) Crisol (+) ... y después aparecieron Raquel y Ismael. Sauri piensa un poquito. La cocinera era María, y según ustedes declararon ella no estaba cocinando. Todos ustedes dijeron que las Indias estaban preparando el almuerzo, y yo me pregunto que realmente estarían preparando que los incitaron tanto que decidieron matarla. Usted Florencio, y también su hermano Don Pedro saben muy bien todo lo sucedido ese día. Yo no sé nada, yo llegue cuando todo había terminado. Florencio usted está mintiendo porque ese mismo día el padre Fermín se encontraba en la casa vieja conversando con su mamá que todavía no había muerto. ¿Quién le dijo eso? también el padre Fermín me dio su versión de los hechos. Aquarina y Crisol si estaban en la cocina, pero no estaban cocinando. Usted y su hermano las pusieron hacer otra cosa que puso Aracely muy enojada. Y lo más probable que eso que provoco el crimen todavía...

Se encuentra guardado en el sótano de la casa vieja. Bang...Bang Bang. ¡Hay Virgencita eso son disparos! (El sonido de los disparos, y la exclamación de Yanyi hicieron que el señor Corregidor sacara su Revolver y en forma amenazante le dice a todos). Se quedan dónde están, nadie va a salir de la cocina. Aquí vamos a esperar al Sargento que regrese ¿Y si lo mataron? Tranquila señorita yanyi que dos de esos tiros provienen de un Rifle, y uno es de un Revolver. Mire usted que ya viene el Sargento. Yanyi ahora vamos a saber que sucedió. ¿Sargento que hay de

nuevo, explíquese esos disparos? Fíjese usted que el Razo
y yo tocamos en la puerta de la señora Aracely. como
no habrían la puerta pues la empujamos, y encontramos
al señor Don Pedro Revolver en mano discutiendo con
la señora Aracely, entonces le ordenamos que pusiera
el Revolver en el piso. Don Pedro en vez de obedecer
se volteó y le disparo un balazo al Razo hiriéndole en
el hombro izquierdo. Me vi obligado a defenderme
y le dispare dos veces, y está muerto. No se acongoje
Sargento, en mi reporte hare constancia que usted estaba
obedeciendo mis órdenes y que no tuvo otra alternativa
que defenderse. Ahora busque el botiquín para curar
al Razo. Yo lo curo Razo Ortega, porque el Sargento
barrigón está muy nervioso. sargento deje que la Gitana
cure al Razo, yo lo necesitó a usted aquí. Si señor como
usted ordene. Sargento no me deje solo con esta Gitana.
Sea usted hombre Razo, que no le va a pasar nada. es que
todas las Gitanas son Brujas. Razo lo único que usted tiene
que hacer es no mirarla a los ojos. Sargento manténgase
alerta. Y usted señora Aracely siéntese aquí. Yo no me voy
a sentar en ninguna parte. Entonces no se mueva de donde
está por qué también le voy hacer algunas preguntas.
Señor Florencio ha sido muy conveniente para la familia
Fontana que el Patriarca se suicidara. Porque eso es lo
que hiso Don Pedro, no tuvo valor de pegarse un tiro,
prefirió que mi escolta lo matara. Despierten familia, que
no veo ni una lagrima para Don Pedro. Señor Leonardo,
aunque mi hermano era el Patriarca de la familia él nunca
fue Santo de nuestra devoción. Siempre nos trató con
rudeza, y nunca quiso oír nuestras quejas. Así que no
espere ver una lagrima por mi hermano. Sinceramente

que ustedes los Fontana llevan el apodo de Gavilán, con mucho honor. ¿Y usted señora Aracely, porque usted y su esposo estaban discutiendo cuando llego mi escolta? El muy salvaje quería evitar que yo me fuera para Bahía Chica con el Capitán Domingo. ¿Y dónde está el Capitán Domingo? Me está esperando en las Caballerizas, tan pronto sea de día nos vamos para no regresar. desgraciada si piensas que yo me voy a quedar tranquila como Sauri, tu estas muy equivocada. Con Sauri hiciste lo que te dio la gana porque ella es un Ángel de Dios, pero yo no estoy a la complacencia de Dios. Yo soy igual que tú, y tan pronto se presente la oportunidad te corto en pedacitos y tu Corazón lo voy echar al fuego. Señor Corregidor tome usted nota de todo lo que ha dicho Raquel. Esta maldita lo que quiere es matarme. Señora Raquel es mejor para todos que usted controle su temperamento y no cometa ningún error, ahora que todo se puede ver un poquito más claro. ¿Señor Florencio me lleva usted directamente a lo que yo espero encontrar, o tengo que registrar todo el sótano? ¡¡¡Usted no tiene por qué registrar el sótano!!! (Gritaron a la misma vez Sauri y Aracely, dejando sorprendidos a casi todos los presentes).

No piensen las dos que yo estoy sorprendido por su reacción, es todo lo contrario ya que es un alivio saber que las dos tienen la mente puesta en los mismos intereses. Hay un viejo dicho que dice que "el dinero no lo es todo en la vida, pero es un Bálsamo para los nervios". ¿Dime Sauri, que de importante hay en el sótano que Aracely y tú, no quieren que el señor Corregidor no vea ? Señora Raquel no tenga ningún pendiente porque ahora mismo lo vamos a saber. Así que vamos todos hacia el sótano, usted va adelante señor Florencio. Sí señor, como usted diga. (Caminando en fila todos siguieron a Don Florencio que guiaba sus pasos hacia la Biblioteca de la casa vieja. Al llegar el Sargento se percata de algo, y le dice al señor Corregidor). Señor no veo en la fila a la señora Aracely. no se preocupe Sargento ya tendremos tiempo para buscarla. Te lo dije Sauri, que esa asesina había que matarla primero. Señora Raquel por el momento deje de pensar en la venganza. Yo estoy completamente seguro que cuando encontremos el motivo de toda está matraca y usted sepa toda la verdad, de seguro que usted va a cambiar de opinión. (Ya dentro de la inmensa Biblioteca Don Florencio abre una estrecha puerta que se encuentra bien simulada en la pared, y uno a uno todos fueron bajando por una escalera que da al sótano. El último en bajar fue el Sargento). ¿Sauri ya tu avías estado Aquí? Si Raquel. Y cállate la boca por qué estás haciendo demasiadas preguntas. Es que este sótano es inmenso de Grande, y yo nunca supe que existía esta parte de la casa vieja. Señora Raquel calme su curiosidad y yo le prometo que le diré toda la verdad. Venga usted para acá señor Leonardo, en este cuarto se encuentra lo que usted busca, y lo hago responsable si se pierde algo. (Todos entraron en el cuarto y Don Florencio empezó a prender los Candelabros, y según lo hacía se podían ver Grandes Vitrinas con pequeños Cofres de acero inoxidables y el señor Corregidor levantando su voz les dice). En estos pequeños Cofres se encuentra la Mayor parte de la fortuna Fontana, como pueden ver todos estos Cofres están llenos de Monedas de Oro, porque el viejo Fontana nunca confió en nuestro Gobierno, tampoco en los Bancos. Y los hijos como buenos Gavilanes que son, siguieron las mismas costumbres del viejo Fontana. Pero ha resultado ser que los nietos del viejo Fontana son unos Gavilanes Radicales, son una partida de Revolucionario Reformista que no les importa gastarse una Fortuna que sus padres y Abuelos lo ahorraron sin pensar quien lo iría a disfrutar. Señor Corregidor usted nos ésta juzgando por qué somos jóvenes, y con mucha ganas de vivir. A todo lo contrario señorita Sauri, la culpa es de sus padres que con esta fortuna hubiesen podido pagarle una buena educación a todos. Pero ellos eligieron la fortuna y no les importo sus problema, tampoco les hicieron caso a sus quejas. Pero siempre ha sido natural que la juventud siempre se revela cuando lo hieren. ¿Entonces Sauri tu sabias de todo esto y nunca me dijiste nada? Señora Raquel después de lo sucedido aquel día en la cocina a Don Pedro le pareció mejor explicárselo a Sauri todo lo sucedido y no a ti, porque él nunca considero quedarse contigo. Un poco más tarde Don Florencio también se lo dijo a su hijo Domingo, y también le hicieron comprender que mientras ellos estuvieran vivos no iban a permitir que la señora Aracely fuera a la horca por matar a dos Indias. Poco apoco Don Florencio y su hermano Pedro convencieron a Sauri, Aracely y a Domingo,

Que la Mayor parte de la Fortuna de los Fontana pasaría a manos de ellos tres. Esos fueron los acuerdos que ellos tuvieron, pero el Diablo como viejo al fin, prendió la chispa de la discordia entre todos ellos y aquello que era Fortuna y Amor se volvió odio, y venganza. Está por demás decir que Don Pedro adoraba Aracely, y si tenía que matar lo hubiese hecho, pero nadie le podía quitar a su Adorada Aracely. tampoco podemos poner en duda que el Amor de Aracely por el Capitán Domingo, siempre fue un puñal que llevo Don Pedro enterrado muy profundo en su Corazón por que no podía matar al único hijo de su querido hermano que tanto lo había ayudado en contar, y guardar la Fortuna de los Fontana. ¿Dígame Don Florencio cuantas monedas de Oro hay en estos Cofres? Habían cincuenta y ocho Cofres, ahora solo quedan cincuenta. Mi hermano Pedro le permitió Aracely en un viaje que dio a España que se llevara ocho Cofres. Tengo entendido que los deposito en un Banco de Europa, en una cuenta privada. Pero aquí solamente hay cincuenta millones de Monedas de Oro. Eso quiere decir que Aracely se llevó ocho millones de Monedas de Oro, lo suficiente para darse una vida de Ninfa (moza) por toda Europa sin ningún problema económico. ¡Pero todavía quedan cincuenta millones, lo suficiente para repartirlos entre los tíos, y los nietos! Si es una fortuna muy Grande, y Sauri yo estoy de acuerdo que se reparta por partes iguales. Pero de lo sucedido ustedes tienen que aceptar el informe que yo le dé a mis superiores, un reporte justo y aprobado por todos ustedes. ¿Y que usted va a decir de todos estos crímenes? No se asuste señora Raquel, que yo voy a decir en mi reporte que después de haber pasado el Huracán, una banda de Bandoleros armados asalto la Hacienda de la casa vieja, la saqueo, y mataron a seis miembros de la familia Fontana incluyendo al patriarca de la familia. Todo esto sucedió mientras mi escolta y yo nos encontrábamos hospedados en la cantina de Juan. Los que estén de acuerdo con mi reporte que levanten la mano, y después lo van a firmar como constancia de mi palabra. Muy bien ya que todos están de acuerdo ninguno se puede ir de la casa vieja hasta que se reparta toda la fortuna en forma adecuada. Usted señor Florencio, la señora Jacinta y sus hijas me ayudaran para hacer la repartición en su debido orden. ¿Y porque tienen que ser ellas solamente? Señorita Sauri. ¿ dígame si entre ustedes hay alguna que tenga un Diploma de bachiller? Yo estoy seguro que las Olyvares están capacitadas para ayudarme. Vamos todos hacia el primer piso. Usted Don Florencio es responsable de que nadie baje al sótano sin mi permiso. (Todos regresaron a la cocina en silencio y allí se encontraron a Yanyi y al Razo Ortega que con una mano trataba de tranquilizar al señor Luis Cabeza). ¿Razo donde se encontraba este señor? Con novedad señor Corregidor, pues la Gitana y yo empezamos a buscar una habitación para yo descansar y en una nos encontramos a este señor todo nervioso y gritando por favor Ismael no me mate. Ya está un poco más tranquilo. (Pero Flor se le acerco a Don Luis y le dice). Eres un desgraciado, merecías que Ismael también te hubiese matado, no sé por qué ese loco tuvo compasión de ti. Aunque ya me imagino quien te perdono la vida. (La mirada de Flor busco fríamente los ojos de Sauri, y grita en voz alta). Lo que es por mi te puedes podrir en esta selva. señor Florencio en las condiciones mentales en que se encuentra el señor Luis,

No puede irse solo, tampoco hacer nada si ser supervisado por otra persona. No se preocupe señor Corregidor que yo me hare cargo de mi cuñado Luis, y también de la parte que a él le corresponde. Don Florencio usted tiene que asegurarse que Don Luis nunca diga nada referente. No tenga pendiente señor Corregidor, que mi padre y yo lo cuidaremos con mucho Cariño. ¿Échale mi

Capitán y usted donde estaba? No seas estúpida Yanyi, aquí todos sabemos que el Capitán Domingo fue a esconder a su querida Amante Aracely. flor no seas rencorosa, y vive tu vida. ¿Es que no la mataste? no Sauri, yo no la mate. Solamente le enseñe el camino hacia Puerto Nuevo. Una que yo no soy un criminal, otra mi papá me aconsejo que no lo hiciera. "Capitán Domingo la venganza es dulce cuando uno odia el enemigo, pero si uno toma venganza de la persona Amada, el sufrimiento es eterno y la vida se hace demasiada larga insoportable". Es importante que antes de yo irme de Bahía Chica reine el silencio y la conformidad entre todos ustedes. Señora Jacinta lo primero que tenemos que hacer es una lista de todos los presentes, y de los tíos ausentes que están por llegar. Don Florencio tenemos que buscar más Cofres vacíos así podemos contar las Monedas de Oro, y no nos olvidemos de separar cierta cantidad de Monedas para la gente de Bahía Chica, por qué el silencio es muy importante.(El Rubio Sol calentaba un nuevo día en Bahía Chica, y el Huracán pasado parecía que no había hecho nada en los Corazones de los pobladores. Ya los tíos se regresaron satisfecho para la Capital. Mientras que Flor muy tranquila esperaba la hora en que el Bus partiera hacia Puerto Nuevo. Y Don Florencio acompañado del señor Leonardo se tomaban sus copas de aguardiente. Ya se podía sentir en el aire la alegría de poder reconstruir sus hogares, y ya las flores parecían más bonitas que antes y adornaban todo a su paso incluyendo el Viejo Cementerio de Bahía Chica, donde seis nuevas tumbas habían hecho crecer el Viejo Cementerio. Ya los pasajeros del Bus estaban acomodados para el largo viaje a Puerto Nuevo, y Juan el Cantinero buscaba la forma que los pasajeros pagaran lo consumido antes de irse. Ya Flor se despedía de lo que fue su familia). Adiós Domingo, te deseo que seas muy feliz con Sauri. y a usted tío Florencio yo sé que Jacinta lo quiere mucho y lo va hacer muy feliz. Y usted señor Leonardo cuando llegue a Puerto Nuevo le escribo para que me visite antes de yo partir hacia Europa. Adiós a todos. (El destartalado Bus cruzo el Viejo Puente que está en la Alameda y desapareció en la lejanía del camino, y los que se quedaron volvieron a entrar en la cantina de Juan). Vamos Don Florencio, regresemos a la Hacienda que tenemos que sacar cuenta de todas las Monedas de Oro que nos quedan para nosotros. Señor Leonardo ya pude darme cuenta que a pesar de su juventud, y todos los ideales que tiene de justicia, usted no es ningún Santo. Así que vamos a llevarnos dos botellas de Aguardiente por qué mi querida esposa Jacinta me dio permiso de emborracharme solamente en la Casa Vieja. ¿Y quién va a manejar el Jeep? Déjame preguntarle al Razo Ortega. ¿Razo dónde está el Sargento Pérez? El Sargento esta con la India Yajaira, y horita yo me voy con Yanyi que me va a presentar con su familia. Razo coja mi consejo maneje ese Jeep, y vamos para la Hacienda porque con Yanyi usted está en peligro de extinción, esa Gitana habla demasiado y te va a volver loco. Entonces vámonos rápido.

El Jeep manejado por el Razo Ortega tomo camino hacia la Casa Vieja, mientras que los acompañantes entonaban una vieja canción a tono de su borrachera). Yanyi Yanyi. Diga usted Capitán Domingo. ¿Dónde está Sauri? la niña Sauri está en el viejo puente. Si usted quiere la voy a buscar, por qué yo no sé dónde se ha metido el

Razo Ortega. No Yanyi, muchas gracias es mejor que yo hable con ella a solas. Ta. Ta. Ta. Mire Capitán ya regresa la Flor Fontana. Te juro Yanyi, que desde hoy mi Barco tendrá otro nombre. "EL GAVILÁN". (Muy contento el Capitán Domingo partió corriendo hacia el Viejo Puente, donde se encontraba Sauri conversando con los niños que se bañaban en el rio). Señorita Sauri. Señorita Sauri. dime Pacho. ¿Es verdad que usted se va a casar con mi Capitán Domingo? Pero Pacho, no le haga caso a lo que la gente habla. Pero mi mamá dice que si tú no te casas te vas a poner vieja. Y mi mamá dice que pronto te va a crecer la barriga igual que a ella. Mira Pacho tu mamá es una chismosa. Oh no. Porque todo eso lo dicen en Bahía Chica. Pues es mentira Pacho, por qué tu Capitán Domingo todavía no me ha dicho que quiere casorio conmigo. Mi mamá dice que si tú no te casas con mi Capitán, tu hijo va a nacer igual que tu sin papá. Al Diablo con todo lo que dice tu mamá, y tu Pacho eres un niño chismoso igual que tu mamá. Y tu Sauri no cambias, siempre discutiendo con Pacho. (Sauri mantuvo silencio al oír la voz del Capitán Domingo muy cerca de ella). ¿Cómo está mi Capitán? Muy bien Pacho. ¿Y cuando llega tu hermanito? Mi mamá dice que ya falta poco. Ya le mando avisar a mi papá que se venga pronto de la selva. ¿Mi Capitán es verdad que usted se va a casar con la señorita Sauri? si Pacho. Y va ser la Boda más linda que la gente de Bahía Chica haya visto. Pero la señorita Sauri me dijo que tú no le dices nada de casorio. ¡¡Niño chismoso cuando yo te agarre te voy a cortar la lengua!! ¿Sauri quieres casarte conmigo? Domingo eso tengo que pensarlo. Aracely está viva, y su Amor por ti también lo está. Por favor Sauri, ya te dije que Aracely tomo el primer Barco que Zarpo hacia Europa, y lo más probable que nunca más regrese a Bahía Chica. ¿Domingo y si esa Ninfa volviera? Ella no va a regresar, ya te lo dije. ¿Señorita Sauri es que usted no quiere casorio? Tú te callas Pacho. Sauri te pregunto otra vez. ¿Quieres casarte conmigo? Si Domingo, yo quiero casarme contigo, yo quiero ser tu esposa para toda la vida. (Los novios se abrazaron en un abrazo eterno de Amor, y del rio brotaban pequeñas voces que gritaban unidas. Que se besen…que se besen.

FIN

AUTOR_____

Bienvenido Ponce